www.tredition.de

AF198085

Günther Amann

Der Entschluss

Roman

www.tredition.de

Verlag: tredition GmbH, Hamburg

ISBN
Paperback: 978-3-7439-2413-0
Hardcover: 978-3-7439-2414-7
e-Book: 978-3-7439-2415-4

Printed in Germany

DER ENTSCHLUSS

von

G. D. Amann

Prolog

Die Stadt, in der Jakob aufwuchs, hatte ihren friedvollen dörflichen Charakter trotz der vergangenen Kriegswirren bewahrt. Dornbach, im Rheintal gelegen, war umrahmt von Bergen, und noch im Mai konnte man in hohen Lagen letzte Schneereste in der Sonne glitzern sehen. Diese bergige Landschaft mit ihren grünen Wiesen, die schön angelegten Gärten, erzeugten beim Betrachter ein Wohlgefühl. Städter nahmen lange unbequeme Zugfahrten durch besetzte Zonen der Alliierten in harten Holzabteilen der Waggons gerne in Kauf, um die schöne, blühende, von Hügeln und Bergen umgebene Stadt zu besuchen. Wie wurden diese Menschen um die Naturschönheiten und das geruhsame Leben beneidet. Die jungen Dörfler wiederum beneideten die Städter um das Treiben und die Vergnügungen in der Stadt. Nur die ganz Alten fühlten sich hier auf dem Lande wohl, hatten sie doch schon die längste Zeit ihres einfachen Lebens im schönen Dornbach verbracht. Das war ihre Heimat, hier waren sie geboren, hier wollten sie auch sterben und in heimatlicher Erde begraben sein. Die Mädchen und Burschen fanden Dornbach öde und trostlos, denn es gab kaum Möglichkeit, die Jugend auszuleben.

Dieses Kaff hatte zwei Kinos, in denen veraltete Filme gezeigt wurden und eine von Laien bespielte Bauernbühne, und jeder Laiendarsteller träumte von einer Kariere: Man konnte ja nie wissen, vielleicht war mal ein Talentsucher aus der Stadt unter den Besuchern. Für einen Heimatfilm würde das Talent schon reichen, vorausgesetzt, man lernte richtig deutsch, obwohl, ein bisschen Dialekt konnte auch nicht schaden.

Wirtshäuser wie die Krone oder den Löwen gab es viele in Dornbach und an Wirtshausgehern fehlte es nicht, besonders dort, wo eine fesche Kellnerin den Most und das Bier auf den Tisch stellte. Gerne wurde dann beim Vorbeigehen der Hübschen ein Klaps auf den Arsch versetzt. Zigarrenrauch vermischt mit Alkoholgeschmack verdunkelte meist die Wirtsstube, und der Lungenarzt warnte immer wieder ohne Erfolg vor diesem Dreckszeug, dem Tabak. Mancher Jung- und Altbauer torkelte um Mitternacht durch die halbdunklen Straßen und hatte Mühe, den Weg nach Hause zu finden. Die Erhabenheit der Berge und die grünen Wiesen, mit einer Vielfalt von Blumen bedeckt, dies alles wurde von den jungen Dorfbewohnern nicht wahrgenommen, sie nannten ihre Stadt meist Dorf.

Vor fast fünfzig Jahren war Dornbach noch ein Dorf gewesen, wurde aber unter Kaiser Franz Joseph dem Ersten von der Marktgemeinde zur Stadt erhoben und erhielt mit der Stadternennung ein eigenes Wappen, das von einem damaligen Dornbacher Künstler entworfen worden war und die Form eines Schildes mit den Farben rot – weiß – rot hatte. Zusätzlich schmückte ein Baum mit fünf Früchten dasselbe. Kaum merkbare Veränderungen wurden im Laufe der Zeit vorgenommen.

Aufgeteilt war Dornbach in vier Stadtteile: Der vornehmste hieß Markt und hatte einen städtischen Charakter mit einem großen Gotteshaus, einem Prachtbau, geschmückt mit sechs imposanten Säulen. Davor ein großer Marktplatz mit Brunnen. Von diesem Platz aus verteilten sich die Straßen in die anderen drei Bezirke. Die Marktstraße führte an der Kirche vorbei und beherrschte mit ihren schönen Stadthäusern, einer Bank und Geschäftshäusern das Stadtbild. Daneben hatte jeder Stadtbezirk sein eigenes Schulwesen und ebenfalls seine eigene Pfarrei.

Sehr gerne lief der Bürgermeister gut gekleidet durch die Straßen seiner Stadt und freute sich, wenn er mit den Worten „Grüß Gott Herr Bürgermeister, was machen die Amtsgeschäfte" begrüßt wurde. Dann war er zu einem Gespräch gerne bereit. Allzu viel hatte er in seiner kurzen Amtszeit nicht erreichen können, denn er war mit einer knappen Mehrheit der Stimmen in sein Amt gewählt worden. Sollte ein von ihm gemachter Vorschlag umgesetzt werden, waren die Gemeinderäte der anderen Parteien meist dagegen. Er war zwar parteilos, aber im innersten doch Christdemokrat und gesinnungsmäßig der ÖVP nahe. Von den zwölftausend Wählern hatte er knapp siebentausend Stimmen erhalten, gerade genug, um sein Amt antreten zu können. Seine erste große Amtshandlung war die Aufstockung der Stadt-Polizei, welche nun aus sechs Mann bestand, vor seiner Amtszeit waren nur vier Polizisten für die Überwachung und Ordnung zuständig. Auch kam ein Motorrad der Marke Puch und ein Fahrrad zu der Ausstattung dazu. Ein Volkswagen war in weiterer Planung aber momentan noch nicht von Nöten. Bei schweren Verbrechen und dergleichen war ja sowieso die Landesgendarmerie zuständig, und die war bereits höchst modern ausgerüstet und verfügte über Polizeifahrzeuge. Jeder kannte Jeden, und so kam es schon vor, dass bei einem Vergehen ein Auge zugedrückt wurde.

Die Stimmung in der Bevölkerung wurde immer besser, wenn der Schnee in den Bergen langsam abtaute und man den Frühling erahnen konnte, dann kam Frohsinn auf. Frohsinn nannte sich auch der Gesangsverein bestehend aus achtundfünfzig Mitgliedern. Diese hatten zweimal in der Woche Probe, und danach gab es immer noch ein geselliges Zusammensitzen im Ochsen. Jetzt wurde das Programm besprochen, weil wieder ein Frühjahreskonzert geplant war und der Chor zur Verstärkung in der Kirche benötigt wurde. Denn für die neunjährigen Mädchen und Buben war die Erstkommunion in Vorbereitung und musste feierlich gestaltet werden. Auf den Herrn Pfarrer von der Stadtkirche kam jetzt auch mehr Arbeit zu, denn er musste die Neunjährigen in der Schule auf die Beichte vorbereiten, und so fand der Religionsunterricht regelmäßig dreimal in der Woche statt.

Eigentlich wollte er gar kein Priester werden, denn als kleiner Junge hatte er ganz andere Berufswünsche: Lokomotivführer oder Konditormeister, da er dem leiblichen Wohl immer zugetan war. Auch interessierten ihn ganz früh schon die Mädchen aus der Nachbarschaft. Viel Interesse weckte vor allem in frühester Jugend seine gleichaltrige Nachbarin Marlene, auch sie hatte es auf ihn abgesehen, und so entwickelte sich eine kindliche fast sinnliche Freundschaft mit vielen Neuentdeckungen. Dies ging lange in aller Heimlichkeit gut, bis die Schulzeit begann und das erste Mal die verdammte Beichte kam. Da wurde ihm und vor allem ihr erst richtig klar, wie sehr sie beide gesündigt hatten.

Als der Herr Pfarrer ganz leise und kaum hörbar durch das vergitterte Fenster des fast unheimlichen Beichtstuhls flüsterte:

„wie oft hast du deine Nachbarin unsittlich berührt?"

Und Jaki antwortete darauf:

„die letzte Zeit jeden Tag, Herr Pfarrer, wir haben sogar ein Geheimwort dafür gehabt, und wenn einer von uns beiden Lust darauf hatte, den anderen nackt zu sehen und zu berühren, haben wir einfach Gil gesagt".

Hochwürden stockte ein wenig der Atem, aber er fasste sich gleich wieder, und seine geflüsterte Stimme fragte neugierig:

„wieso Gil?"

Darauf der kleine Jaki:

„immer, wenn Marlene meinen Pimmel angeschaut hat, meinte sie, das ist ein Gigl, und so kürzten wir das Wort einfach ab und sagten ‚Gil'. Herr Pfarrer, das war sehr angenehm, denn, wenn einer von uns beiden Lust verspürte, brauchte er nur ‚Gil' sagen, und die Erwachsenen hatten keine Ahnung, was das Geheimwort bedeutet hat".

Im Beichtstuhl wurde es auf einmal ganz ruhig und Hochwürden atmete tief, bis endlich seine wieder gefasste Stimme durch das Gitter des Beichtstuhls strafend sagte:

„mein Sohn, das was du gemacht hast, ist eine böse Todsünde, und es ist ein Glück, dass du zur Beichte gekommen bist, denn sonst hätte auf dich die Hölle gewartet. Ich lasse dir Kraft meines Amtes deine Sünden nach, vor allem die im sechsten Gebot".

Danach flüsterte Hochwürden eine Litanei vor sich hin, die Jaki aber nicht verstand und total verunsicherte, er wollte auch gar nicht wissen, was das zu bedeuten hatte. Weiters sah er, wie Hochwürden ein Kreuzzeichen durch die Luft machte und die Worte zu ihm drangen:

„zur Buße betest du drei Vaterunser, sündige nicht mehr, geh hin in Frieden".

Jakob stieg mit hochrotem Kopf, ängstlich betrachtet von seinen Mitschülern aus dem Beichtstuhl, hörte sich ein paar Fragen der anderen Buben an

„ist er streng?"

Dann kniete er sich nieder und betete drei Vaterunser, er kam sich ganz schlecht vor, aber auch gleichzeitig erleichtert. Bis dato hatte er nicht gewusst, dass die Lust auf Marlene eine Sünde war, er fand es immer toll. Seine Gedanken kreisten im Kopf und er fragte sich, was das denn für ein lieber Gott sein sollte, der so was verbot. Das wollte er sich nicht nehmen lassen, ich werde es wieder tun, das lasse ich mir nicht verbieten, schlimmsten Falls geh ich wieder zur Beichte. Ihm wurde fast übel bei dem Gedanken, dass Marlene womöglich auf den Pfarrer hörte und von ihm nichts mehr wissen wollte. Wie konnte er ihr das ausreden, schwierig würde es werden... Plötzlich, wie eine Eingebung, kam ihm der Gedanke, dass dieser Beruf – die Erwachsenen sprachen immer von Berufung – der richtige wäre, und besser als Lokomotivführer, denn da hatte man Macht und viel Einblick. Man hörte die Sünden der anderen, konnte vergeben oder auch nicht. Für ihn stand es ab dem Tag fest und er sagte das halblaut in der Kirche vor sich hin:

„Ich werde Pfarrer".

„Ich werde Pfarrer",

die Worte hallten in dem kleinen Jaki nach, als er sich nach dem Beichten nach Hause begab. Kaum angekommen, sah er Marlene vom Nachbarhaus an den Zaun gelehnt, die ihm zurief „Jaki, wie war's, hast schon gebeichtet, wir Mädchen sind morgen auch dran".

„Ich weiß", meinte er. „Der Pfarrer war recht nett, habe fast keine Sünden gehabt",

fügte Jaki mit rotem Kopf hinzu.

„Ist das was wir machen keine Sünde?"

fragte sie und wurde auch ganz rot im Gesicht.

„Das konnte morgen nicht gut verlaufen", waren seine Gedanken. „Jetzt ist es vorbei damit". Vielleicht wurde sie morgen krank oder brach sich ein Bein, das wäre ein Glück.

„Hast du nachher Zeit zum Spielen?"

Jaki wurde feuerrot im Gesicht.

„Gil, gil?"

neckte sie. Das musste er jetzt noch voll ausnützen, denn ab morgen, soviel glaubte er sie zu kennen, würde das schwierig werden. Lieber jetzt gleich wieder eine Sünde begehen, er konnte sie ja beichten, dann würde er halt in eine andere Kirche zu einem anderen Priester gehen. Jaki hatte Angst, dass der Pfarrer, dem er heute alles berichtet hatte, ihn wieder erkennen würde, denn durch das Gitter des Beichtstuhls war das sicher möglich.

„In einer halben Stunde in unserem Lager bei der Hütte".

Er lief in die Wohnung, und die Mutter meinte stolz:

„So Jakob, jetzt bist du von den Sünden frei, bleib so und denk daran, der liebe Gott sieht alles". Das hatte noch gefehlt, der liebe Gott sieht alles.

„Ich habe mich entschlossen, ich werde nicht Lokomotivführer, ich will Pfarrer werden", entgegnete er seiner Mutter in ernstem Ton.

„Wie kann ich das werden, was brauche ich da für eine Schulbildung, Mama?".

Jakob meinte dies in vollem Ernst, als ihn seine Mutter belehrte:

„Weißt du, Jaki, in deinem Alter will man vieles werden, ich glaube nicht, dass du ein guter Priester würdest, dazu siehst du die Mädchen zu gerne".

„Unser Pfarrer hat aber auch eine Köchin, die ihm den Haushalt erledigt",

erwiderte Jaki trotzig. Seine Mutter wusste darauf nicht gleich eine passende Antwort und ging auf die vorhergehenden Fragen ein:

„Wenn du Priester werden willst, so musst du auf alle Fälle ein Gymnasium besuchen und Latein lernen und dann, glaube ich, ein Priesterseminar besuchen".

Mit dieser Antwort war er zufrieden und trotzdem meinte er:

„weißt du was, Mama, ich melde mich jetzt in der Kirche beim Pfarrer an und werde Ministrant, so wie Armin".

Armin war ein Freund und ihn hatte er immer beneidet, wenn dieser vorne am Altar mit den Glöckchen in der Hand klingelte und dem Herrn Pfarrer den Messwein in den Kelch einschenken durfte. Das war ein schöner Anblick, Ministrant in einem weißen Umhang zu sein, da konnte man schon beneidet werden.

Morgen würde er gleich, wenn es die Zeit zuließ, den Herrn Pfarrer aufsuchen und ihm seine Bitte vortragen. Sein Freund Armin sagte ja, dass die Geistlichen immer froh wären, wenn sich Buben melden täten um Ministrant zu werden.

„Sie haben eh zu wenig, für jede Messfeier braucht man ja zwei Ministranten, verstehst du, zum Klingeln und den Wein einschenken, und wer macht das schon gerne um sieben Uhr früh". Das war eine gute Nachricht.

„Wenn du länger dabei bist, darfst du auch am Sonntag ministrieren. Da schauen dir dann viele Leute zu".

Jetzt war er sich sicher, dass er genommen würde, wenn er ein Gespräch mit Hochwürden führen könnte. Die Schulglocke läutete das Ende der vierten Stunde ein, und Jaki ging eiligen Schrittes zum Pfarrhaus. Dort angekommen fühlte er sich nicht mehr so richtig wohl, er hatte Angst, dass der Beichtvater ihn womöglich wieder erkennen könnte oder seine Stimme dem Herrn Pfarrer bekannt vorkam. Jakob glaubte, dass man trotz Dunkelheit durch das Gitter im Beichtstuhl erkannt werden könnte.

Zuerst beinahe zur Hölle verdammt und jetzt Ministrant werden, konnte das gut gehen? Er läutete, und eine Frau mit einer Kittelschürze kam zur Tür.

„Grüß Gott, wo brennt's?"

waren ihre ersten Worte.

„Ich möchte den Herrn Pfarrer sprechen",

bat Jaki mit rotem Kopf.

„Der Herr Pfarrer ist noch im Spital, Krankenbesuch, er wird gleich hier sein, denn ich habe auf zwölf Uhr gekocht, komm ruhig rein, du kannst solange im Wohnzimmer auf ihn warten". Das machte er gerne, und so folgte er der Frau. Es war ein schöner großer Raum, überall hingen an den Wänden Bilder von Heiligen und der Gekreuzigte. In der Ecke war ein Kruzifix angebracht, und auf dem Tisch lag eine geöffnete Bibel in roten Umschlag gebunden, mit Goldschrift. Hier sieht es ganz schön heilig aus, dachte er. Kurz nachdem er sich umgesehen hatte, wurde das Türschloss mit einem Schlüssel geöffnet, die Haustüre ging auf und Hochwürden trat ein.

„Paula ich bin da, gibt es was Neues"

waren seine ersten Worte, und nun hörte er die Frauenstimme

„Georg, in der Stube wartet ein Junge auf dich, ich hab ihn gar nicht gefragt weshalb".

„Danke, vielleicht ein reuiger Sünder",

meinte daraufhin die fröhliche Stimme, und schon stand er dem Priester gegenüber.

„Oh, der junge Fitz, was führt dich zu mir mein Sohn?".

„Herr Pfarrer der Armin ist ja bei Ihnen Ministrant und der hat gesagt, dass Sie immer Buben brauchen können, welche das werden wollen. Ich möchte Ministrant werden und wäre auch bereit, am Anfang zur Frühmesse vor der Schule zu ministrieren".

„So, so du möchtest Ministrant werden, das freut mich. Die katholische Kirche kann solche Buben wie dich gut brauchen, du weißt was da auf dich zukommt? Klingelbeutel in die Kirchenbänke reichen, Messwein einschenken und vieles mehr".

Jaki nickte mit dem Kopf, er gehe ja jeden Sonntag in die Kirche und da sähe er genau, was der Armin machen müsse.

„Ich wäre so gerne Messdiener".

Hochwürden war darüber erfreut und lud ihn für die nächsten Tage immer nach Schulschluss zu sich ein, brachte dem Jaki bei, wie der Ablauf und die Rituale in der Kirche waren, und nach einer Woche war Jakob glücklicher frommer Messdiener.

Die nächsten Wochen und Monate hatte er kaum noch Zeit für Freundschaften, sein ganzes Denken war Gott gewidmet, Er freute sich, wenn er in der Kirche dem Pfarrer dienen durfte. Das war ein schönes Gefühl, da vorne am Altar zu stehen und von den Betenden angeglotzt zu werden. Jetzt durfte er auch an Sonntagen Dienst in der Kirche verrichten und wenn die Messe vorbei war, lud ihn Herr Wieser zum Lesen der Bibel ins Pfarrhaus ein. Lesungen aus dem Neuen Testament faszinierten ihn besonders.

„Jaki, du kannst gerne auch zu den Bibelstunden für Erwachsene vorbeikommen und zuhören, ich halte diese immer wöchentlich ab",

meinte Hochwürden.

„Die sind zu unterschiedlichen Zeiten angesetzt, ich verkünde das immer nach der Sonntagsmesse um elf Uhr".

So eine Einladung freute ihn, alles was mit der Heiligen Schrift in Zusammenhang gebracht werden konnte, war äußerst spannend, warf Fragen auf.

Seine Eltern bemerkten die Frömmigkeit ihres Sohnes und fingen an, sich Sorgen zu machen. Für ihr Verständnis war das schon übertrieben, zumal sie beide keine frommen Christen waren und die Kirche mieden. Gut, es war ja besser, wenn er die Zeit mit der Kirche verbrachte und fromme Bücher las, als auf der Straße herumzulungern und den Mädchen nachzupfeifen.

Jaki war Inzwischen fünfzehn geworden, hatte den Stimmbruch hinter sich, entwickelte sich zu einem jungen Mann mit tiefer Stimme und zeigte neben seiner Frömmigkeit auch reges Interesse am weiblichen Geschlecht: Das Gymnasium besuchte er mit Bravour, denn in drei Jahren würde er versuchen, ins Priesterseminar nach Innsbruck aufgenommen zu werden. Seinem Vater war das nicht recht:

„Was werden die Leute denken, wenn der Fitz einen Sohn hat, der Theologie studiert",

gab er seiner Frau zu bedenken.

„Wir können ihn nicht aufhalten, wenn sein Entschluss feststeht".

Erwin nickte:

„Ich werde in den nächsten Tagen, wenn sich Gelegenheit dazu ergibt, mit Jakob ein ernstes Gespräch führen".

So kam es zu einer Diskussion zwischen Vater und Sohn, und der Ältere machte Jakob auf die vielen Enthaltungen aufmerksam, die ein Priester auf sich nehmen müsse. Dabei erwähnte er auch den Zölibat.

„Ach weißt du, Vater, das muss man nicht so streng sehen, da werde ich mir schon zu helfen wissen",

war seine Antwort. Nach der Bibelstunde kam er mit Büchern über das Christentum und deren Verfolgung nach Hause und vertiefte sich darin. Er war nicht mehr abzubringen von diesen Gedanken. Das Dienen in der Kirche hatte er inzwischen aufgegeben, da zu alt geworden, den Kontakt zu Pfarrer Wieser nicht. Dieser bestärkte ihn in seinem Berufswunsch und war in heiklen Fragen derselben Meinung wie Jakob:

„Tun darfst du viel, öffentlich sollte es nicht werden".

Wie recht doch Pfarrer Wieser hatte:

„Weißt du, Jakob, ich bin jetzt schon ein älterer Herr, und wenn du dabei bleibst mit deinem Wunsch Priester zu werden, kannst du mich vielleicht beerben. Wenn ich heute zurück denke, wie beschwingt ich nach der Weihe war und dachte, Gott hat mich berufen und mir seine Kraft für den Dienst an den Menschen geschenkt. Wenige Tage danach stellte ich fest, ja ich bin geweiht, aber derselbe Mensch mit denselben Stärken und Schwächen geblieben. Weißt du, unser Gott kommt ganz gut damit zurecht, dass wir nicht perfekte Menschen sind, er will gar keine perfekten Menschen, denn die gibt es nicht. Er liebt jeden Menschen".

Das waren kluge aufmunternde Worte, die da Hochwürden von sich gegeben hatte.

Die Jahre vergingen schnell, die Matura legte er mit Bravour ab, und dann bewarb er sich für die Aufnahme ins Priesterseminar in Innsbruck. Nachdem er sein Theologiestudium beendet hatte, wurde Jakob zum Diakon geweiht. In diesem Stand verbrachte er ein Jahr in der Pfarrei St. Jakob, einem Dorf nahe Innsbruck. Diese kirchliche Tätigkeit gefiel ihm besonders gut, er war angesehen und wurde meist mit ‚Pfarrer' tituliert, obwohl er lediglich die erste Weihe hatte. Nach einem Jahr ausgeübter

Tätigkeit wurde er vom zuständigen Bischof zum Priester geweiht und durfte danach Primiz in seiner Heimatstadt Dornbach feiern.

In der Pfarrei St. Martin ging es jetzt turbulent zu, Herr Jakob Fitz, der Sohn vom Erwin Fitz, früherer Nazi und aus der Kirche zeitweilig ausgetreten, feierte in Kürze Miliz. Das Elternhaus wurde mit Blumen und Kränzen geschmückt, und dann kam der große Tag des Jakob Fitz: Mit einem großen Geleit wurde er zur Kirche geführt. Die Stadtmusikkapelle spielte Märsche und begleitete ihn bis vor die Kirchentür St. Martin. Pfarrer Wieser hielt eine lange eindrucksvolle Rede über Jakob in der Kirche und sprach nur lobende Worte über ihn. Jakob selbst zelebrierte seine erste Messe, und anschließend suchten die Kirchenbesucher von Dornbach seine Nähe, um seinen Segen zu bekommen. Seine stolzen Eltern sowie sein Bruder Hans waren die ersten, die von ihm gesegnet wurden. Nach der ganzen Zeremonie traf man sich im ‚Hirschen', der bis auf den letzten Platz gefüllt war. Danach ging's zurück ins Elternhaus, und am nächsten Tag musste Jakob wieder nach Innsbruck. Dort machte er noch zwei Jahre Dienst in der Pfarrei St. Jakob, bis in der Pfarrei Dornbach St. Martin der alte Herr Pfarrer Wieser in den wohlverdienten Ruhestand trat. Jakobs Traumziel war erreicht, er war Pfarrer in der Pfarrei Dornbach. Seine Heimatgemeinde nahm ihn mit Begeisterung auf.

Er hatte die Bilder der Befreiung noch vor sich. Zuerst hatte man nur ein dumpfes Klirren von Ketten gehört, das immer näher kam, dann wurde daraus ein furchterregendes Dröhnen, und die Panzer kamen entlang der Straße auf ihn zu. Frauen und junge Mädchen standen vor ihren Häusern und winkten den mit braunen Uniformen bekleideten Franzosen lachend zu, warfen Blumen auf die vorbeifahrenden Panzer und grüßten mit weißen Leintüchern, die vorher zerrissen worden waren, damit der

Nachbar auch ein Stück in der Hand halten konnte. Erwachsene Männer waren kaum auf der Straße, denn der Krieg hatte seinen Zoll gefordert. Viele waren für das Großdeutsche Reich im Kampf gefallen, andere waren in Gefangenschaft geraten. Die auf den Panzer sitzenden Franzosen wurden als Befreier gefeiert. Jakis Vater war nach Kriegsende in der Schweiz im Internierungslager gefangen gehalten und plagte sich mit dem Gedanken der Flucht. Im besetzten Italien hatte er es gut getroffen. Trotzdem wagte er kurz vor Ende des Krieges die Flucht nach der neutralen Schweiz.

Dazu benötigte er eine rote Lampe und viel Mut. Erwin entfernte sich von der Truppe, ging der Bahnlinie entlang, fragte sich bis zum Simplontunnel durch, lief in den fast zwanzig Kilometer langen Tunnel hinein und stoppte mit der roten Laterne in der Hand den in Richtung Schweiz fahrenden Zug. Er hatte Glück. Der Lokomotivführer hielt tatsächlich an, ließ Jakis Vater ins Führerhaus einsteigen und nahm ihn bis zur ersten Station Brig in der Schweiz mit. Dort meldete Erwin sich bei der Kantonspolizei, wurde registriert und kam in ein Internierungslager. Während der Kriegszeit wurden immer wieder mal Pakete mit der Feldpost abgegeben. Der Inhalt waren meist Konservendosen und kleine Salamiwürstchen.

Jaki hatte noch einen drei Jahre jüngeren Bruder, es ging der Familie recht gut. Schlechter wurde es für Johanna mit ihren zwei Kindern erst, als die Franzosen Dornbach und ganz Vorarlberg besetzten. Anfangs, so erinnerte Jaki sich, ging es ihnen noch gut, doch als Erwin im Internierungslager den Lagerkoller bekam, abhaute und den Alten Rhein überqueren musste, war er vor ein Problem gestellt: Er war Nichtschwimmer. Wie konnte er da ins benachbarte Österreich gelangen? Da kam ihm die Idee: Erwin klaute bei einem Bauern einen Rechen mit langem Stiel, ging bei Nacht und Nebel zum Alten Rhein, sah auf der anderen Seite die Lichter in den Vorarlberger Häusern brennen und bekam so viel Heimweh, dass er ins Wasser stieg, den Rechen immer vor sich her stochernd um die Tiefe des Wassers zu erkunden. Endlich nach vorsichtigem Tasten hatte er sicheren Boden unter den Füßen. Nun war es ein Leichtes, bei der nächtlichen Ausgangssperre Dornbach zu erreichen.

Jaki saß mit seinem Bruder Hansi und der Mutter in der guten Stube, als die drei plötzlich die Stimme des Vaters hörten:

„Johanna, mach auf, ich bin's, Erwin".

Die Überraschung war ihm geglückt, aber es sollte nicht besser werden. In dem von den Alliierten Besatzern besetzten Vorarlberg wurde abgerechnet. Die französischen Truppen waren zu Beginn als Befreier gefeiert worden, diese Stimmung in der Bevölkerung wich langsam, und aus ihnen wurden die Besatzer. Häuser und Wohnungen wurden beschlagnahmt für französische Familien. Besonders betroffen waren Leute, denen nachgesagt wurde, dass sie eine Nazivergangenheit hätten.

Das Leben in Dornbach hatte sich verändert. Militärfahrzeuge, besetzt mit Männern in braunen Uniformen, fuhren durch die Straßen der Stadt. Viele Dornbacher lebten in Angst, da Verschleppungen in dieser Zeit immer wieder vorkamen. Die vermeintlichen Täter – meist Männer – wurden vor ein französisches Gericht gebracht und in einem Prozess häufig verurteilt. Diejenigen, die das Glück hatten, sich während des Krieges nach den Regeln der Kriegsführung verhalten zu haben, kamen meist wieder nach ein, zwei Monaten auf freien Fuß.

„Mich wundert's, dass sie mich noch nicht geholt haben",

meinte Erwin zu seiner Frau.

„Sie können dir doch nichts nachweisen, außer dass du ein Parteibuch der NSDAP besessen hast".

kam die Antwort.

Das war richtig, denn er war bekennender Nazi gewesen, aber wer war das nicht in dieser Zeit. Vieles fand Erwin Ende der dreißiger Jahre gut, aber nicht alles. Als später bekannt wurde, dass in Hohenems im Judenhaus die Insassen abgeholt worden waren, kam bei ihm sogar Empörung auf. In der Straße, in der Jakobs Elternhaus stand, waren zwei Häuser mit Soldaten belegt. Ein Munitionslager war in dem vor dem Haus angebauten Schuppen untergebracht. Jeden Tag am Vormittag marschierten die braun uniformierten Franzosen mit „un-deux" laut schreiend die Straße entlang. Jaki fand das toll und er rannte mit seinen Spielkameraden immer hinterher. Wenn die Soldaten zurückkehrten und privat herum lungerten, gab es meistens einen Kaugummi oder ein paar Bonbons zum Lutschen. Die waren sehr kinderlieb. Gewehrmunition konnte man, wenn man es geschickt anging, klauen und mit einem Zündholz zum Knallen bringen. Munition war ein beliebtes Spielzeug und fand sich in jeder Lederhose der Buben wieder.

Anfang Oktober, es war noch angenehm warm, läutete es, und ein Offizier stand draußen vor dem Haus. Er bat um Einlass. Als er in der Wohnung von Erwin stand, meinte er in gut verständlichem Deutsch:

„Der Bürgermeister schickt mich zu Ihnen, ich brauche eine Wohnung für meine Familie."

Diese Aufforderung war nicht zu überhören. Jaki, Hans und die Mutter waren dazugekommen und Johanna entgegnete:

„Muss es denn unsere Wohnung sein, Sie sehen doch, wir haben zwei Kinder".

Der Franzose verzog keine Miene:

„Ich habe auch Kinder."

Und dann lächelte er:

„Ich gebe Ihnen Zeit, in drei Tagen wir werden hier einziehen, verstanden, tut mir leid".

Mit diesen Worten verabschiedete er sich, salutierte, lief aus der Wohnung die Treppe hinunter, stieg in den wartenden Jeep und fuhr davon.

Jakis Vater überlegte, wohin er mit seiner Familie gehen könnte, um ein Dach über dem Kopf zu haben.

„Weißt du eine Möglichkeit?"

fragte er seine Frau, die mit Tränen in den Augen in der Küche saß.

„Die Waschküche?".

Das war eine gute Idee. Jetzt war schnelles Handeln von Nöten. Geschickt war Erwin schon immer gewesen. Die zwei Jungs standen um den Küchentisch herum und Jakob erkundigte sich: „Ziehen wir wirklich in die Waschküche, Papa?"

Der nickte mit dem Kopf:

„Ihr müsst mir dabei aber helfen".

Das wollten sie gerne tun. Ein Abenteuer würde das werden. Vor dem Dreifamilienhaus – zwei Wohnungen waren vermietet – waren Bretter gelagert. Diese hatten auf ihren Einsatz geradezu gewartet. Die Waschküche war ein sehr großer Raum im Erdgeschoss des Hauses mit einem Fenster, Blick auf die davor gelegene Wiese. Normalerweise ein schöner Ausblick. An die Waschküche grenzte, durch eine Tür getrennt, ein Badezimmer mit Wanne und dem dazu gehörenden Ofen zum Erhitzen des Wassers und gleichzeitigem Aufwärmen des Raumes. Diese zwei Räume machte Erwin jetzt halbwegs wohnlich, indem er einen einfachen Holzboden aus den vor dem Haus gelagerten Brettern schuf. Als Einrichtung dienten ein Matratzenlager, ein alter Tisch mit Stühlen, wenig aus der Wohnung mitgenommenes Geschirr, eine Kochplatte, dazu ein kleiner Geschirrschrank und ein alter Kasten für Kleidung. Fertig war die Einrichtung. Fließend Wasser war vorhanden, es war ja schließlich die frühere Waschküche für alle Parteien im Haus.

Zwei Tage später zog eine junge freundliche französische Familie mit einem Kind in die Wohnung, und Jaki wechselte mit seinem Bruder und den Eltern in die neu gestaltete Waschküche. Die junge Französin weinte vor Rührung, genauso wie Johanna, weil sie aus der Wohnung vertrieben wurden. Noch ahnte Jakob nicht, dass sein Leben und das seiner Eltern und seines Bruders fünf Jahre lang in der Waschküche stattfinden sollte. Als 1950 die Besatzer sich langsam aus Vorarlberg zurückzogen und die Häuser und Wohnungen wieder frei gegeben wurden, durften auch Jakobs Eltern ihre inzwischen sehr verwirtschaftete Wohnung wieder benutzen. Sie freuten sich sehr. Jakob und Hansi wären noch gerne in der Waschküche geblieben, denn ihnen gefiel das unordentliche Leben hier unten besonders gut und sie hätten es noch länger ausgehalten. Zur Einweihung der wiedergewonnenen Wohnung wurde ein Huhn geschlachtet, gerupft und im Backofen des verwahrlosten Gasherdes gebraten. An diese sorglosen Kinderjahre in der Waschküche dachte Jakob gerne zurück. Es war eine schöne Zeit, es gab keinen Fliegeralarm, der Krieg war vorbei, und man lebte genügsam mit zugeteilten Lebensmittelkarten in dieser Zeit.

Einige Jahre später

Das Pfarrhaus, in dem er Quartier bezog, war geräumig und nur durch einen schönen mit Blumen bedeckten Garten von der Kirche, die ihm nun besonders imposant vorkam, getrennt. Die Einrichtung des Hauses war zwar etwas veraltet, ihm aber sehr vertraut, hatte er doch vor Jahren hier viel Zeit mit Pfarrer Wieser verbracht. Obwohl nicht dem neuesten Stand der moderneren Zeit angepasst, wollte er daran nichts ändern. Auch fehlte ihm das nötige Geld dazu. In der kleinen Stadt, in der er groß geworden war, fühlte er sich sofort pudelwohl, und die Kirchenbesucher waren ihm wohlgesonnen. Besonders die Frauen kamen in Scharen in die Kirche. Er konnte mit seiner tiefen angenehmen Stimme und seinem guten Aussehen diese begeistern. Ganz schnell wurde er zum Frauenschwarm der Kirche St. Martin erklärt. Es fiel ihm nicht leicht, immer standhaft zu bleiben, denn die Worte „tun darfst du viel, nur öffentlich sollte es nicht werden", hatten sich ihm eingeprägt.

Bei der letzten Predigt am Sonntag bat er darum, dass sich die Männer und Frauen, die gut singen können, melden mögen, damit der Kirchenchor vergrößert werden könne und man dann vielleicht auch mal ein Werk von Mozart – er denke an das Requiem – aufführen könne. Innerhalb von zwei Wochen waren so viele Anmeldungen bei ihm eingegangen, dass er den Chorleiter bitten musste, sich die einzelnen Stimmen anzuhören, was denn überhaupt brauchbar sei. Einmal die Woche trafen sich die Leute vom Kirchenchor zu der Chorprobe und dann wurde im kleinen Saal des Pfarrhauses musiziert. Zuerst wurden Atemübungen gemacht und dann die Stimmen aufgelockert mit dem Vokal a, der mehrmals hintereinander auf und ab gesungen wurde. Wenn Jakob Zeit hatte, hörte er sich das gerne an und genoss es, wenn ihn verliebte Blicke der jungen Damen trafen. Die Männer mochten das gar nicht, und so mancher kam nur mit zum Singen, weil er Angst hatte, dass sein Mädchen ihm womöglich untreu werden könnte, denn der Pfarrer sah schon verdammt gut aus, ein Glück, dass er nicht naschen durfte. Aber, wer weiß schon, es war doch besser, man war dabei. Schließlich, Herr Fitz war auch nur ein Mann. Für Jakob kam dann doch ein Problem heran. Bis zum heutigen Tag hatte er versucht, den Haushalt selbst zu regeln, aß meistens Dosengerichte und von den Kirchenmitgliedern gebrachtes Selbstgekochtes. Auch war sein Haushalt mehr oder weniger ordentlich von ihm geführt, trotzdem, eine Hilfe würde bald von Nöten sein, denn seine Tätigkeit forderte ihm viel Zeit ab. Krankenhausbesuche, Begräbnisse, Gespräche mit den ihm anvertrauten Schäflein und vieles mehr. Wen konnte er da in seinen Haushalt wenigstens stundenweise aufnehmen?

Als er sich mit seinen Eltern darüber unterhielt, meinten die:

„Da kommt doch nur die Tante Anna in Frage".

Sie war Kriegerwitwe und hatte seit Kindheit ein tolles Verhältnis zu Jaki. Da er, als er klein war, ihren Namen nicht aussprechen konnte, nannte er sie bis zum heutigen Tag ‚Tantan'.

„Die musst du fragen",

meinten seine Eltern.

Die Tante Anna wohnte im Dachgeschoss seines Elternhauses und war die jüngste Schwester seines Vaters. Zu ihr hatte er immer ein tolles Verhältnis: Wenn er kleine Sorgen hatte und nicht mehr weiter wusste, ging er die Holztreppe nach oben und unterhielt sich mit ihr darüber. Sie war zu ihm wie eine Mutter, mit dem Unterschied, dass er mit Tantan über alles sprechen konnte, ohne große Belehrungen zu erhalten oder gar Strafe wie Hausarrest. Sie war sein Ablassventil. Der Mann von Tantan war zu Kriegsbeginn, wie der Großteil der Dornbacher Männer, eingezogen worden und musste für das Vaterland kämpfen. Als der Krieg zu Ende war und viele Männer mit körperlichen und seelischen Schäden heimkehrten, war Onkel Luis nicht dabei. Jeden Tag saß Jakobs Tante am Volksempfänger und hörte die Vermisstennachrichten, vielleicht hoffte sie, dass ihr Mann dabei wäre. Als der letzte Heimkehrer aus der Kriegsgefangenschaft wieder heimatlichen Boden unter den Füssen spürte und Luis noch immer nicht dabei war, wurde er nach eingeleiteten Formalitäten für tot erklärt. Seit dieser Zeit lebte sie allein in ihrer kleinen Wohnung unter dem Dach und bezog eine kleine Witwenrente, die gerade zum Leben reichte, zum Sterben aber zu viel war.

Jakob der nun schon ein paar Jahre Pfarrer in Dornbach war, suchte das Gespräch mit der Fünfzigjährigen. Sie war sehr stolz auf ihn, dass er es so weit gebracht hatte und in Dornbach so angesehen war. Als er ihr den Vorschlag machte,

„könntest du nicht in meinem Pfarrhaus zwei bis dreimal die Woche für mich den Haushalt erledigen und eventuell auf Vorrat kochen",

war sie freudig überrascht, als er sagte:

„Natürlich nicht umsonst. Ich bezahle dich selbstverständlich für die getane Arbeit. Mein Salär ist nicht besonders hoch, aber dafür reicht es".

„Ich bin aber nicht besonders fromm und gehe auch selten in die Kirche",

gab Tante Anna zu bedenken:

„Weißt Du, Jakob ich habe den Glauben an den lieben Gott verloren. Um die Bezahlung geht es mir nicht, ich mache nebenher ein bisschen Heimarbeit".

Das wusste er nicht:

„Das brauchst du nicht mehr machen, wenn ich dich bei mir anstelle", meinte er.

„Hochwürden wann darf ich bei dir anfangen?"

„Am besten gestern",

lächelte Jakob und war glücklich, eine Haushälterin, wenn auch nicht für alle Tage, so doch stundenweise an manchen Tagen gefunden zu haben. Es war sehr angenehm, eine Verwandte im Pfarrhaus zu haben, man hatte dadurch noch genügend Freiraum für alles andere in den vier Wänden, und das ging Niemanden was an. Sein Vorbild Pfarrer Wieser hatte zwar den angenehmeren Weg gesucht, um seine Gelüste zu befriedigen, denn der lebte Tag und Nacht mit seiner Köchin zusammen, das wollte Jakob nicht. Eine Haushälterin und dazu noch eine gute Köchin, das genügte ihm vollkommen. Alles andere würde sich von selbst finden.

Der gut gekleidete Mann, der um 8.15 Uhr die Bank betrat, hatte ein sorgenvolles Gesicht. Trotz trüben Wetters bedeckte eine dunkel gefärbte Sonnenbrille seine obere Gesichtshälfte, als er zum Schalter der Kassiererin schritt. Diese zählte noch Geld, und ihr Kollege im Hinterzimmer war mit einer Akte über eine Kreditvergabe beschäftigt. Um diese Zeit erwartete man noch keinen Kunden, frühestens um neun Uhr. Frau Trude grüßte erstaunt, freundlich, wie man es ihr beigebracht hatte, denn der Kunde war immer König. So lautete der Spruch des Instituts. Der Mann grüßte freundlich zurück und fragte höflich:

„Wie viele Mitarbeiter sind heute außer Ihnen noch hier?"

Sie antwortete:

„Ein Kollege ist im Hinterzimmer, heute sind wir schwach besetzt".

„So, so",

meinte der gutaussehende und gut gekleidete Herr recht freundlich. Plötzlich warf er die Aktentasche, die er bei sich trug, über die Barriere, die ihn von ihr trennte, zog eine Pistole aus der Tasche seines dunklen Anzuges und forderte in barschem Ton:

„Alles Geld in die Tasche, ich spaße nicht"

Frau Mayer wusste, was sie zu tun hatte, nahm alle Scheine, die vor ihr auf dem Tisch lagen und stopfte sie in die Aktentasche.

„Tresor aufmachen! Ich will Alles!"

„Dazu brauche ich meinen Mitarbeiter".

„dann holen Sie ihn, rasch, nein hier bleiben, klopfen Sie nur an seine Tür und bitten Sie ihn heraus, aber unauffällig, ich habe keine Zeit!"

Frau Mayer klopfte an die Tür:

„Peter kommst du mal?"

Der junge schmächtige Mann kam aus seinem Zimmer und merkte leider erst zu spät, dass hier ein Banküberfall stattfand, denn die Pistole war jetzt abwechselnd auf beide gerichtet.

„Tresor aufmachen!"

Leicht zitternd machten sich beide daran, ihn aufzuschließen, es gelang sehr schnell und der Inhalt war nicht übel, es lagen einige Bündel an Schilling-Banknoten und auch Schweizer Franken darin.

„So, nun bitte alles ganz schnell in die Tasche!"

Bei dem Einfüllen der Banknoten erinnerte sich die Kassiererin an den Knopf neben dem Tresor und drückte unbemerkt darauf. Dieser stellte eine direkte Verbindung mit der Polizeiwache her.

„Geben Sie jetzt die Aktentasche rüber und kein Alarm!"

Dann machte sich der elegant gekleidete Mann so schnell es ging davon.

Kaum war er auf der Straße, kamen auch schon die ersten Polizeifahrzeuge mit tatü-tata daher gebraust. Dass das so schnell gehen würde, hatte er nicht angenommen. Eilig, aber ohne zu rennen, entfernte er sich von diesen. Eines wusste er: An der Kleidung würde man ihn erkennen, ansonsten gab es keine Schwierigkeit, denn er stammte nicht aus Dornbach. Schon vorher hatte er sich die Stadtkirche als Zufluchtsort zum Kleidung wechseln ausgespäht, da sie in unmittelbarer Nähe zur Bank gelegen schien. Vor lauter Panik hatte er aber nun die Orientierung verloren. Wo sollte er jetzt hinlaufen, ging es in seinem Kopf herum. Ziellos ging er durch die Straßen und wie es das Schicksal wollte, stand er plötzlich vor der schönen großen Kirche von St. Martin. Dies war Gottes Fügung, dass er den richtigen Weg gewählt hatte – so glaubte er zumindest, als er die Kirche betrat. Klugerweise hatte er noch eine helle Sommerhose fein säuberlich zusammengelegt in der Aktentasche dabei, das Geld lag oben auf.

Im Gendarmeriekommando, ansässig im Rathaus der Stadt Dornbach, läutete um acht Uhr zwanzig die Klingel Alarm, und die rote Lampe leuchtete auf. Das bedeutete ‚Überfall beim ÖCI in der Hauptstraße'.

„Kollegen auf, Überfall!"

Zu dritt liefen sie zum Dienstfahrzeug und brausten davon. Als sie bei der Bank ankamen, war kein Täter mehr im Institut, nur zwei zitternde Bankangestellte. Die erste Frage war:

„Wie sieht er aus, wie war er gekleidet, besondere Merkmale?"

„Er hatte einen schicken dunklen Anzug an, sah gepflegt aus, aber mehr kann ich auch nicht sagen. Eine schwarze Aktentasche trug er bei sich",

meldete der schmächtige Bankangestellte.

„Na ja, damit haben Sie uns mal schon sehr geholfen, was wurde mitgenommen, sagen wir mal so ungefähr?".

„Alles was ich auf dem Tisch hier hatte und das Geld, das im Tresor lag".

Der Wachtmeister fragte mit sorgenvollem Gesicht:

„Wie viel?"

„Das können wir jetzt noch nicht genau sagen, es wird so um die vierhunderttausend Schilling sein und ca. fünfzigtausend Schweizer Franken".

Inzwischen wollten mehrere Kunden die Bank betreten, aber ein zweiter Gendarm machte ein Schild an die Eingangstüre, auf dem ‚geschlossen' stand.

„Heute Vormittag können Sie nicht mehr aufmachen, die kriminaltechnische Untersuchung wird in Kürze aufgenommen werden".

„Wir werden versuchen, den Täter mit dem dunklen Anzug zu finden, dürfte nicht allzu schwer sein",

meinte der zweite Beamte, und mit diesen Worten liefen die drei aus der Bank.

Als der Mann mit dem dunklen Anzug die Kirche betrat, war die Frühmesse längst zu Ende und kein Mensch in dem Gotteshaus anwesend. Er hatte leichtes Spiel. Er schritt die Kirche nach vorne ab, versuchte in die Sakristei zu kommen, fand diese aber leider abgesperrt. Dann lief er zurück, betrachtete kurz die Empore mit dem Orgelprospekt und ging die freie Treppe nach oben in die Richtung, wo Chor und Organist sich während einer Messe aufhielten. Dort angekommen zog er seine dunkle Hose aus, holte aus der Aktentasche, nachdem er das Geld beiseite geschoben hatte, eine helle Sommerhose heraus, wollte diese gerade anziehen, als unten die Kircheneingangstüre geöffnet wurde und Schritte laut wurden. Waren das eine oder mehrere Personen? Sie redeten miteinander, also mussten es mehrere sein. Ganz leise zog er sich die helle Hose über, verstaute die dunkle Anzughose unter der Orgelbank und verhielt sich weiter ganz still. Plötzlich hörte er, wie eine Männerstimme sagte:

„Wollen wir mal hoch geh'n zur Orgel, ich kann Ihnen gerne was vorspielen und Sie können dazu singen".

„Ach ich merke schon beim Sprechen, dass die Akustik hier gut ist, zum Singen bin ich um diese Zeit noch nicht aufgelegt, das können wir auch heute Nachmittag probieren, Sie brauchen mir nur sagen, wann es Ihnen passt."

Dann war die andere Stimme zu hören:

„Gut, dann heute um fünfzehn Uhr hier, ich begleite Sie jetzt noch ein kleines Stück und dann werde ich hier noch ein bisschen üben".

Schön, tun Sie das, ich finde den Weg nach draußen auch ohne Sie".

„Nein, nein ich begleite Sie noch ein kleines Stück, so viel Zeit muss sein."

Dann hörte er Schritte und die Tür fiel ins Schloss.

Nun wusste er, schnelles Handeln war von Nöten. denn es würde nicht lange dauern, und der Organist – das musste der

Mann mit der tieferen Stimme gewesen sein – würde in Kürze das Gotteshaus wieder betreten. Er hatte ja gehört, wie das Gespräch verlaufen war. Nun war Eile geboten und die Gedanken ruderten in seinem Kopf. Die Aktentasche, sehr auffällig, konnte er nicht bei sich behalten, den Inhalt auch nicht, denn bei einer Kontrolle auf der Straße wäre er sofort aufgeflogen. Lange konnte er auch hier nicht mehr bleiben, da drohte Gefahr durch den Organisten. Die helle Hose und das dunkle Oberteil seines Anzuges machten aus ihm eine ganz andere Erscheinung und das war auch gut so. Nur die auffallende Aktentasche mit Henkel, deren Inhalt er jetzt sehr liebte, durfte er heute nicht mehr bei sich tragen, man wusste ja nicht, auf was bei der Suche nach ihm geachtet wurde. Diese Gedanken würgten ihn. Ein Knarren der Kircheneingangstür schreckte ihn aus seinen Gedanken. Danach vernahm er schnelle Schritte, die sich dem Altar näherten. Er wagte einen Blick und sah, wie das junge Mädchen Blumen zur Marienstatue legte. Dann drehte sie sich blitzschnell um, er konnte sich nicht mehr unsichtbar machen und schon hörte er:

„Grüß Gott, was machen Sie denn da oben?"

Sein erster Gedanke, „jetzt nicht die Nerven verlieren", half ihm, eine Antwort zu finden.

„Ich stimme die Orgel, ein paar Töne passen nicht in die Harmonie, sie sind zu tief".

„Ach so, ich dachte schon, Sie wären der neue Organist."

Damit gab sie sich zufrieden und ging schnellen Schrittes mit einem

„dann viel Vergnügen bei der Arbeit" aus der Kirche. Die große schwere Kircheneingangstür fiel mit einem Knarren und Ächzen zu.

Das war noch mal gut gegangen. Lange aufhalten durfte er sich hier oben nicht mehr, aber wohin mit der Aktentasche? Die durfte er auf keinen Fall bei sich tragen, denn dass man ihn suchen würde, war ihm klar, und dass die Polizei ein Augenmerk auf diese Tasche hatte. Dann fiel ihm ein, dass er die vorhin abgelegte Anzughose nicht unter der Orgelbank liegen lassen konnte. Er nahm diese, machte die Aktentasche wieder auf, sah voller Freude die gebündelten Geldscheine, steckte einige Banknoten in seine weißen Hosentaschen, rollte die dunkle Anzughose fest zusammen und gab sie oben auf das erbeutete Geld. Nun schloss er die Tasche wieder zu und ging leise – ein leichtes Knarren war nicht zu vermeiden – die Holztreppe abwärts ins Kirchenschiff. Beim Hinuntergehen sah er sich nach einem geeigneten Versteck für das erbeutete Geld um, sah aber nirgends eine Möglichkeit.

„Der Beichtstuhl!"

schoss es ihm durch den Kopf. Das musste er wagen, am sichersten wäre die Beute im Beichtstuhl! Er ging schnell, sich immer wieder umsehend, zum Beichtstuhl, öffnete die zwei kleinen Flügeltüren der für den Priester bestimmten Abteilung, legte die Tasche auf die darin befindliche kurze Bank, ließ die Flügeltüren wieder zufallen und war zum Gehen bereit, als er wieder dieses ungute Knarren der Kirchentür hörte und ein Mann eintrat. Ihm blieb gerade noch Zeit, den Frommen zu spielen, sich zur nächstliegenden Kirchenbank zu begeben und nieder zu knien. Der soeben Eingetretene ging die knarrende Holztreppe nach oben und kurz darauf hörte er den Blasebalg mit Luft ringen und aus den Orgelpfeifen dröhnte es: „Großer Gott, wir loben Dich".

In der Bank war reges Treiben. Spezialisten des Sonderkommandos waren am Werken, Spuren wurden gesichert, Fingerabdrücke festgehalten, die zwei Bankangestellten, die noch immer unter Schock standen, befragt. Sie konnten beide nicht genau sagen, wie der Mann, welcher das Geld mitgenommen hatte, ausgesehen hat.

„Sie sind ihm doch lange genug gegenübergestanden, Frau Trude",

äußerte der Kommissar.

„Das schon, aber ich habe kein Auge auf ihn geworfen, ich weiß nur, dass er sehr gut ausgesehen hat, groß war er, und eine angenehme Stimme hatte er auch".

„Das ist alles was Sie uns sagen können?"

Da ergriff auch der schmächtige Angestellte das Wort und bemerkte:

„Eine große Aktentasche mit Henkel hatte er auch dabei, die mussten wir ihm mit dem Geld füllen"

Jetzt platzte dem Beamten langsam der Kragen, das hatten diese zwei doch gleich zu Beginn den anderen Beamten am frühen Morgen schon mitgeteilt. War es denn möglich, dass man so unter Schock stehen konnte? Es war doch nicht das eigene Geld.

„Wissen Sie, wenn man eine Pistole auf sich gerichtet sieht und nicht weiß ob abgedrückt wird, achtet man nicht darauf, wer da vor einem steht, da hat man einfach Angst."

Das konnte der Beamte auch verstehen, nur mit diesen Hinweisen war es nicht leicht, den Täter zu finden. Die Polizeiautos, welche die Straßen abfuhren, waren voll besetzt, und die Polizisten hatten den Befehl, Ausschau nach folgendem Täter zu halten: Männlich, groß, gute Statur, dunkler Anzug, auffallende Aktentasche. Nicht einmal an die Haarfarbe konnten sich die zwei Bankangestellten erinnern, so aufgeschreckt waren sie.

„Es wird schwer sein, ihn zu finden",

waren die letzten Worte des Kriminalbeamten.

Als er von der Kirche auf die Straße trat, klangen noch die letzten Orgeltöne mit ihm ins Freie. Er stand auf dem Marktplatz, Polizeiautos fuhren an ihm vorbei, neugierige Blicke streiften ihn, er hatte Angst, erkannt zu werden, aber nichts geschah. Seinen Volkswagen, ein älteres Baujahr – bald würde er einen neuen Wagen kaufen können – hatte er in einer Nebengasse unauffällig geparkt. Seine Geldsorgen hätten jetzt auch ein Ende. Dies alles waren seine Gedanken und machten ihn sehr glücklich. Sie versetzten ihn in eine richtig gute Stimmung. Es hatte sich gelohnt. Alles andere, die Tasche heute noch zu holen, wäre ein leichtes Vorhaben. Wie viel er erbeutet hatte, wusste er noch nicht, das würde spannend werden.

„Heute Abend weiß ich mehr", waren seine Gedanken, als er bei seinem Auto ankam, einstieg, den Zündschlüssel drehte und beruhigt, nur mehr leicht nervös, davon fuhr.

In Dornbach war der Banküberfall das Stadtgespräch. So etwas gab es, seit der Krieg zu Ende war, nicht mehr. War der Bankräuber ein Hiesiger oder kam er von weiter her? Vielleicht sogar aus der Schweiz? In Dornbach hatte es ja die ganze Zeit kein Verbrechen gegeben, aber das jetzt, das schlug dem Fass den Boden aus. Als der Briefträger im Postamt Markt die Briefe zum Austragen sortierte, Zeitungen gehörten auch dazu, unterhielt er sich mit einem Kollegen und der meinte:

„Ernst, schau mal auf die Schlagzeile der Zeitung, das hat sich gelohnt".

In der Tageszeitung ‚Vorarlberger Alpenblick' stand mit großen Lettern geschrieben: ‚Banküberfall, der elegant gekleidete Täter erbeutete fünfhunderttausend Schilling'. Dazu kam noch eine Beschreibung des Ablaufes der Tat und eine Täterbeschreibung, die folgendermaßen lautete: ‚Groß, gute Statur und Aussehen, trug einen dunklen Anzug. Auffallend eine Aktentasche mit Henkel. Für zweckdienliche Hinweise die zur Ergreifung des Täters führen, hat das Österreichische Kredit-Institut eine Belohnung von fünfundzwanzigtausend Schilling ausgesetzt. Vorsicht der Täter ist bewaffnet'.

Heute wollte der Regen, obwohl schon Juni war, nicht aufhören. Der Himmel war grau und die Wolken flogen nur so dahin, manchmal riss der Himmel ein wenig auf und etwas blau wurde sichtbar. Auf den Straßen hatten sich Pfützen gebildet, und Ernst musste aufpassen, dass er die Zeitungen und Briefe, die er im Korb untergebracht hatte, sicher mit dem Fahrrad an den Empfänger bringen konnte. Vor drei Wochen hatte er bei so einem Schlaglochweg die Herrschaft über sein Fahrrad verloren, war gestürzt und die Briefe lagen verstreut auf dem schlechten Weg. Der Wind tat das übrige dazu, und so ging viel an Post verloren. Dieses Wetter hasste er und er verdammte das raue Klima. Heute durfte ihm das nicht passieren. Die Stadtverwaltung hatte zwar im Gemeindeblatt angekündigt, die schlechten Straßen zu erneuern, aber bis heute war nichts geschehen. Eigentlich hätte man von den Bauern eine Abgabe verlangen müssen, ging es ihm durch den Kopf, denn die machten mit ihren Fuhrwerken, die meist von zwei Kühen gezogen wurden, die Straßen kaputt. Nur die Hauptstraße Markt war tadellos gepflastert, und wie es das Schicksal wollte, musste er die meisten Briefe in der ländlichen Gegend, mit den Straßen voll Kuhmist, zustellen, fast jedes Haus dort hatte eine Scheune mit Stall angebaut. Einen Vorteil hatte seine Tour schon: Bei Zahlungsanweisungen, die er auch überbrachte, gab es immer ein Trinkgeld und einen Schnaps obendrauf. Das gehörte sich einfach für einen ordentlichen Dornbacher.

„Wie viel Schilling gibt es für einen Hinweis zur Ergreifung des Täters?" flüsterte er vor sich hin. Dann hielt er mitten auf der Seitenstraße, die zu einem Bauernhaus führte, an, löste den Fahrradständer, stellte das Rad hin und nahm eine Zeitung aus dem Korb. Da las er noch einmal die große Überschrift und unter anderem die Beschreibung des Täters. Regentropfen hielten ihn ab, weiter zu lesen, denn das Papier der Zeitung drohte zu zerfallen. Ich muss die Augen offen halten, dachte er. Ich hab doch in der Gartenstraße, nein, das bildete er sich ein, oder doch, hatte er doch schon einen Mann, elegant gekleidet, mit einer Aktentasche gesehen. Er überlegte: hatte diese einen Henkel?

Ab jetzt wollte er wachsam sein. Diese Prämie würde ihm vieles ermöglichen. Immerhin, dafür konnte er einen Volkswagen Käfer kaufen und sonntags mit der Familie eine Tour in den Bregenzer Wald machen. Dann konnte man auch noch einkehren, ein Bier und die Kinder ein Kracherl trinken. Ach ja, den Führerschein müsste er dann auch noch machen, aber das wäre bestimmt nicht schwer. Es sind ja nur wenig Autos unterwegs.

Zwar gab es im Zentrum von Dornbach einen Polizisten, der auf dem Marktplatz mit Handzeichen den Verkehr regelte und sich bei dieser Tätigkeit wie der Größte vorkam. Daneben hatte er noch die Aufgabe, Radfahrer, die sich nicht korrekt benahmen, zu bestrafen: Einheitsbußgeld fünf Schilling. Auch der hielt immer wieder während der Verkehrsregelung Ausschau nach dem gesuchten Bankräuber. Leider gab es keine genaue Beschreibung, und gut angezogen waren viele der hier herumgehenden Personen. Vielleicht aber würde jemand mit einer Henkelaktentasche vorbei kommen, dann hieß es: Schnell handeln!

Als Ernst in der Gartenstraße im letzten Bauernhaus anhielt – es war ein sehr schönes Haus mit einem Vorgarten, der mit Blumen übervoll war – und eine Zahlungsanweisung der Pensionsversicherungsanstalt in Händen hielt, kam schon der Schäferhund bellend auf ihn zu gerannt. Davor hatte er immer am meisten Angst. Es gab genug Kollegen, die schon von so einem Vieh gebissen worden sind, und er wollte nicht zu denen gehören. Also blieb er stehen, der Hund auch. Ernst stand noch auf der Straße und hatte das zur Haustüre führende Gartentor noch nicht geöffnet. Schon kam eine Frau mittleren Alters aus dem Haus:

„Rolf, Platz!"

Der Schäferhund ging auf Bauchlage und hechelte vor sich hin.

„Herr Ernst, Sie wissen doch, Rolf macht doch nur viel Lärm, der macht aber nichts, Rolf begrüßt Sie doch nur".

„Glauben Sie denn wirklich dass Ihr Hund mich kennt? Ich komm doch nicht jeden Tag hier vorbei, sind ja nur drei Häuser".

„O ja, Rolf ist sehr schlau, gell Rolf",

und ein freundlicher Blick ging auf den Schäferhund nieder.

„Ich hab eine Zahlungsanweisung",

meinte der Briefträger und

„vielleicht können wir das im Hausflur erledigen, ich stehe nicht gerne im Regen".

Dann kramte er in seiner großen ledernen Tasche, die er bei seiner Tour immer umgehängt hatte und zog ein rotes Formular heraus.

„Sie haben recht, kommen Sie ruhig mit rein – nein Rolf, schön brav bleiben!"

Der Schäferhund hatte schon wieder zu knurren angefangen, und das hörte sich nicht nach Begrüßung an, er blieb aber nach der Zusprache der Frau ruhig an seinem Platz, wenn auch in aufrechter Haltung. Wie hasste Herr Ernst diese Ungeheuer, musste man denn unbedingt so ein Vieh haben, und was das noch kostete, ging es ihm durch den Kopf. Er war ein. echter Dornbacher, und denen sagte man ja die Sparsamkeit und den Geiz nach. Schnellen Schrittes ging er hinter der Hausfrau die zwei zur Haustür führenden Stufen hinauf, dann durch die halb offene Türe hinein. Im Wohnzimmer: Es war modern ausgestattet, mit einem Sideboard, kaukasisch Nuss, rundem Tisch mit einer Häkeltischdecke in weiß, die dazu passenden Stühle und seitlich einer großen Couch in rot. Als der Briefträger den Blick vom Tisch zur Couch richtete, wurde sein Blick ganz starr, denn auf dieser lag, wie fast weggeworfen, eine große dunkle Henkelaktentasche. Der Form nach zu schließen war sie vollgestopft.

„aber mit was?" dachte er. Hatte man nicht in der Zeitung auf diese Tasche, beziehungsweise eine ähnliche hingewiesen? Er zahlte das Geld aus, bekam fünf Schilling Trinkgeld und hörte die Worte:

„Ein Schnäpschen trinken Sie aber schon noch bei diesem Sauwetter".

„Hier bekomme ich noch eine Unterschrift",

vor Aufregung hätte er das bald vergessen und er hielt der Frau den roten Abschnitt der Zahlungsanweisung entgegen. Sie unterschrieb mit ‚Gunz'.

„Noch einen schönen Tag, Herr Hämmerle, mein Mann ist aber nicht der Bankräuber!"

Er drehte sich um:

„Hab ich so was je gesagt oder gedacht, Frau Gunz",

verteidigte er sich halblaut.

„Ich habe aber bemerkt, wie Sie die Henkelaktentasche fixiert haben, die Hoffnung auf fünfundzwanzigtausend Schilling muss ich Ihnen leider vermiesen".

Die Situation war ihm jetzt aber doch sehr peinlich, das war ja schon zu blöd. So weit durfte es doch nicht kommen, dass man hinter jedem Besitzer einer Henkelaktentasche einen Bankräuber vermutete. Er als Briefträger würde noch viele solcher Taschen zu Gesicht bekommen, aber trotzdem, ein kleiner Hinweis, man würde ja nicht wissen, von wem er stammte, so war das zumindest üblich.

„Frau Gunz glauben Sie mir, ich würde doch nie annehmen, dass Ihr Mann ein Bankräuber sein könnte, ich muss jetzt leider wieder weiter, habe noch einige Häuser vor mir, bitte sagen Sie Ihrem Rolf, dass er mich in Ruhe lassen soll. Ich habe Angst vor Hunden".

Als er die Tür zur Straße hin öffnete, kam schon wieder das Knurren an sein Ohr, aber gleichzeitig die Stimme der Frau:

„Rolf, Platz!"

Dann ging er die Blumenbeete entlang zur Straße, setzte sich auf das Fahrrad, bemerkte erst zu spät, dass seine Hose rückwärts am Po ganz nass war, weil er vergessen hatte, den Sattel abzuwischen. Was war das für ein Scheißberuf, vor allem bei so einem Sauwetter. Normalerweise waren die Monate Mai bis Ende Oktober sehr angenehm, aber die restlichen Monate, wenn der Winter kam, waren zum verrückt werden! Morgen, hieß es im Radio, wäre wieder schönes Wetter, Sonnenschein und 25 Grad, da machte der Beruf Freude. Überhaupt machte es jetzt, wenn das Wetter mitspielte, viel Spaß, die gute Landluft einzuatmen, auch wenn sie bisweilen in vereinzelten Gegenden mit Stallgeruch durchtränkt war. Für das Auge wurde in Dornbach viel geboten, und nicht umsonst durfte Dornbach auch den Zusatznamen Gartenstadt für sich beanspruchen. Auf diese Gartenstadt, die inzwischen an Bevölkerung zugenommen hatte und jetzt bereits achtundzwanzigtausend Einwohner zählte, waren die Bewohner stolz. Niemand wollte, dass Kriminalität hier stattfand, und so musste man doch unbedingt versuchen, den Bankräuber dingfest zu machen. Dies konnte nur funktionieren, wenn man Hinweise an die Polizei weitergab – und das wollte Herr Ernst auch tun.

Als Ernst Hämmerle auf seinem nassen Fahrrad saß und mit voller Kraft in die Pedale trat, den Pfützen auswich, kam er mit dem Vorderrad an die Gehsteigkante und wäre wieder einmal um Haaresbreite gestürzt. Er konnte gerade noch den schweren Lenker nach links drehen, diese Geschicklichkeit bewahrte ihn vor Schürfwunden. Es war nicht einfach mit so einem Gefährt, umhängt mit Körben und Taschen, immer die Balance zu halten. Wie konnte das schon wieder passieren, er war doch ein geübter Radfahrer, der jeden Morgen von acht bis meistens vierzehn Uhr die Briefe, Bankanweisungen und Zeitungen zu den Leuten in diesem Stadtbezirk brachte. Die mit Vorgärten geschmückten Bauernhäuser – vereinzelt stand auch mal ein neues im modernen Stil gebautes Haus an der Straße – kannte er alle, auch deren Bewohner. Die Tasche, die er soeben gesehen hatte, ging ihm nicht aus dem Kopf. Konnte der Gunz, den er flüchtig kannte – der war ja ein angesehener Mann und Oberbuchhalter, soviel ihm bekannt war – denn ein Bankräuber sein? Wohl eher nicht. Nun gut, man konnte sich schon täuschen. Hätte denn Jesus gedacht, dass er von einem seiner Jünger je verraten würde? Der hatte damals vor zweitausend Jahren auch geglaubt, dass dies alles treue Anhänger wären und doch hatte er sich getäuscht. Ernst wurde von Gewissensbissen geplagt. Es wurde ja immer wieder verlautbart, die Polizei oder Gendarmerie wäre auf Hinweise aus der Bevölkerung angewiesen und man möge doch jede Auffälligkeit melden. Selbstverständlich würde dies alles vertraulich behandelt. Schön, die Belohnung von fünfundzwanzigtausend Schilling war natürlich ein großer Anreiz, soviel konnte er gerade in zwei Jahren verdienen. Mein Gott, wie war dieser Beruf schlecht bezahlt.

Ernst hatte seine Tour beendet und fuhr zurück ins Postamt. Dort legte er die unterschriebenen Abschnitte der Zahlungsanweisungen in ein dafür vorbestimmtes Fach, ging zu seinem Fahrrad, welches er vor der Post abgestellt hatte, nahm die

Fahrradkörbe von Lenker und Gepäckständer, ging damit wieder in das Zimmer, in dem die Post für den nächsten Tag sortiert wurde, stellte die Körbe dort ab und streifte die Uniform ab. Er zog seine Alltagskleidung an – die hing fein säuberlich an einem Bügel im Schrank – und überlegte noch mal, ob er jetzt doch zur Polizei gehen sollte, um das eben gesehene zu melden. Viel war es ja nicht, aber wer weiß, vielleicht doch von Nutzen für beide Teile.

Dann ging er entschlossen über den Rathausplatz, es waren nur wenige Schritte zur Polizeidienststelle am Meldeamt vorbei, er fragte sich nach der Zimmernummer der Wache durch und stand vor einer verschlossenen Tür. Das an der Tür angebrachte Schild zeigte die Öffnungszeiten an. acht bis sechzehn Uhr. Ernst blickte auf seine Schweizer Armbanduhr, ein Geschenk seines Firmpaten vor dreißig Jahren – sie ging heute noch punktgenau – und stellte fest, dass er um fünf Minuten zu spät dran war. Trotzdem klopfte er an die schwarze Tür und drückte gleichzeitig die Klinke nieder, diese sah sehr abgegriffen aus. Die Tür gab nicht nach. Nochmals versuchte er es mit Klopfzeichen, energischer als zuvor, wollte er doch einen Hinweis vortragen, der von Bedeutung für die Polizei sein konnte.

„Geschlossen! Können Sie nicht lesen?"

drang die wütende Stimme durch die geschlossene Tür zu ihm. Typisch, diese Beamten, wenn ich auch so denken würde, blieben viele Briefe liegen.

„Ich möchte Sie nicht lange stören, wollte Ihnen nur eine Auffälligkeit betreffs des Bankraubes mitteilen".

Das hörte sich nicht schlecht an, da musste er seinen Hintern heben

„warten Sie, ich lass Sie gleich zu mir herein".

Das war kein Dornbacher Dialekt, der hörte sich anders an, eher ein Tiroler, also ein Ausländer!

Nun drehte sich der Schlüssel und die Tür wurde geöffnet. Vor Ernst Hämmerle stand ein großer gutaussehender Polizeibeamter, in eine grüne Uniform gekleidet, die Sterne auf den Schulterklappen zeigten an, dass es sich um einen hohen Rang handeln musste, mit dem war nicht zu spaßen.

„Dann treten Sie mal ein, bin schon gespannt was Sie zu berichten haben".

Die Laune des Herrn Jabornig hatte einen Tiefpunkt erreicht, weil er vor längerer Zeit hierher nach Dornbach, in dieses Kaff versetzt worden war. Für ihn war es eine Strafe, dieser Dialekt, dieses Kleinbürgertum, er, der ein Stadtmensch war und noch wenige Wochen zuvor in Innsbruck seinen Dienst verrichten durfte. Strafversetzt fühlte er sich und das alles nur, weil er mit der Frau seines Chefs ein Verhältnis gehabt hatte. Herr Jabornig bot dem eingeschüchterten Briefträger Platz an und setzte sich auf seinen Amtsstuhl hinter seinem Schreibtisch, nahm aus der Lade einen Papierblock heraus und mit der linken Hand einen vor ihm liegenden Bleistift, den er nervös drehte.

„Nun Herr, äh, ich möchte noch Ihren Namen wissen"

Ernst wurde verlegen und stammelte, dass er vor lauter Nervosität vergessen habe sich vorzustellen:

„Ernst Hämmerle, ich bin Briefträger, mein momentaner Bezirk für die Post ist im Unteren Dorf".

„So genau wollte ich es gar nicht wissen, mir genügt Ihr Name".

Hämmerle fühlte sich unwohl und rutschte auf seinem Sessel von einer Pobacke zur anderen, was bei Herrn Jabornig ein Lächeln auf das Gesicht zauberte und Ernsts Zunge etwas löste. „Ich wär' jetzt so weit, berichten Sie, was Ihnen aufgefallen ist, schön der Reihe nach".

Nun berichtete er von der großen auffallenden Tasche, die er bei der Familie Gunz gesehen hatte, er glaube zwar nicht recht, dass Herr Gunz der Täter sei, aber es hieße ja, dass die Polizei für jeden Hinweis dankbar wäre. Während dieser Unterhaltung, die Herrn Jabornig unwichtig schien, malte der kleine Kreise und Häuser auf sein vor ihm liegendes Papier, denn wegen einer Tasche so viel Aufheben zu machen, schien ihm doch zu blöd.

„Na gut, solche Taschen sind bestimmt viele im Umlauf, damit werde ich nicht viel anfangen können, wir werden diesem Hinweis trotzdem nachgehen, danke für Ihren Scharfblick".

Ernst wurde bei dieser Bemerkung ganz stolz und entgegnete, dass er es als Verpflichtung sehe, der Polizei bei einem Bankraub behilflich zu sein, denn jeder anständige Dornbacher wäre an einer schnellen Aufklärung interessiert. Herr Hämmerle hatte bei dem Gespräch die Gesichtsfarbe ein paar Mal gewechselt, von blass bis knallrot, denn ihm war diese Aussage schon etwas peinlich geworden. Manchmal hatte er das Gefühl, dass Herr Jabornig, der Beamte, ihn gar nicht für ernst nahm, obwohl er, Ernst, es ernst meinte. Er werde der Sache nachgehen und Herrn Gunz aufsuchen, versprach Herr Jabornig.

„Bitte erwähnen Sie aber nicht meinen Namen, das wäre mir sehr unangenehm".

„Keine Angst Herr Hämmerle, wir geben die Namen der Denunzianten nicht weiter, das haben wir ja oft genug verlauten lassen".

Dieses Wort schmerzte sehr.

„Es ist immer dasselbe in so einem Fall, wir von der Polizei müssen die Drecksarbeit machen und die Denunzianten kassieren mit Glück die ausgesetzte Prämie".

Mit diesen Worten verabschiedete sich der Polizist von dem Briefträger.

Sie saßen beim Abendessen, draußen regnete es in Strömen, der Wind peitschte und riss frische grüne Blätter von den Bäumen. Schlechtes Wetter war man im Juni nicht gewöhnt. Morgen sollte eine Schönwetterfront von Westen kommen und das Tief verdrängen, hieß es im Radio. Die Temperaturen würden morgen 25 Grad erreichen. War auch Zeit, denn der Sommer war nicht immer so, wie man ihn gewünscht hatte.

„Ilse jetzt erzähl mir doch noch mal die Geschichte mit dem Briefträger",

bat Adolf. Während er auf sein Schwarzbrot Butter strich und darauf Schinkenwurst legte – nicht zu dünn – wiederholte Frau Gunz die Geschichte von heute Vormittag:

„Er hat nur mehr deine Henkeltasche angestiert und ich sagte zu ihm, Herr Ernst, mein Mann ist nicht der gesuchte Bankräuber".

„Papa",

meldete sich der kleine Michi,

„bist du ein Bankräuber?"

„Was redest du da für einen Unsinn",

entgegnete die Mutter,

„Papa hat einen ehrenwerten Beruf, Papa ist Oberbuchhalter in der Großmolkerei von Dornbach, und wenn du brav lernst und lauter Einser im Zeugnis nach Hause bringst, kannst du

auch so einen tollen Beruf erlernen. Musst nur immer fleißig sein"

Der Junge nickte und schlürfte weiter an seinem vor ihm stehenden Kakao, der mit einem Gupf voll Sahne die Krönung des Genusses versprach.

Schlagsahne war im Hause Gunz immer kannenweise vorhanden, denn Papa Gunz hatte ja als Oberbuchhalter in der Molkerei einen guten Draht zu Anton, der ein Stockwerk unter ihm damit beschäftigt war, den Rahm von der angelieferten Milch abzuschöpfen. Wenn Adolf Feierabend machte ging er oft auf ein paar Worte bei Anton vorbei. Die große Aktentasche mit Henkel durfte nicht fehlen, denn auf dem Hinweg zur Molkerei war sie meist mit zwei leeren Milchflaschen und belegten Broten gefüllt. Vor dem nachhause gehen fehlten die Brote, dafür wurden die leeren Milchflaschen mit Sahne kostenlos gefüllt. Anton war halt ein netter Kerl und wirklich ein Freund. Dem entsprechend sah auch die Familie aus. Nur heute Vormittag hatte Adolf die Tasche zu Hause gelassen, denn es war noch genug von dem weißen Zeug im Kühlschrank.

„Der Kleine wird uns sonst zu dick",

meinte Ilse.

Belanglos ging die Unterhaltung weiter, und im Radio spielte Blasmusik, heimatliche Klänge aus Vorarlberg. Später war noch im Programm eine Sendung mit dem Titel ,Persil bleibt Persil' mit Heinz Conrads angesagt. Diese Sendung erfreute das Herz und wurde von Ilse und Adolf immer mit Freude erwartet. Spannung pur! Danach wurde ins Bett gegangen, den ehelichen Pflichten mit Freude nachgegangen, der Wecker auf sieben Uhr gestellt und nach einem gebeteten Vaterunser geschlafen. Morgen musste man ausgeschlafen sein.

Als die Nacht der Morgenröte wich, der Hahn vom Nachbarn um fünf Uhr früh zu krächzen begann, durfte man noch ein wenig schlafen, dann aber aus den Federn! Adolf hatte schon immer eine innere Uhr und wachte immer kurz vor dem Klingeln des Weckers auf. Nachdem er sich gewaschen hatte und angezogen war, kam seine Frau noch schlaftrunken, bekleidet mit einem rosa Morgenmantel, in die Küche und machte das Frühstück. Das Radio lief mit Unterhaltungsmusik, und Vico Torriani sang

„Tango der Nacht, grüß mir Carina" mit so wunderschöner Stimme, wie ein Tenor nur singen kann. Nachdem Herr Gunz gefrühstückt hatte, machte seine Frau ihm noch drei belegte Brote, zwei mit Wurst und eines mit Käse von der Großmolkerei, dieser natürlich nicht gekauft, sondern geschenkt von Anton, dem guten Freund.

Adolf verabschiedete sich von Ilse mit den Worten,

„bis heute Abend, bleib brav",

wollte zur Ausgangstür gehen, die Tasche in der rechten Hand hängend als sie beide tatü-tata hörten, Bremsen quietschten, eine Autotür wurde zugeschlagen, und ein gut aussehender Polizist schritt auf das Haus zu. Dann läutete es. Ahnungslos sperrte Adolf die Eingangstüre auf.

„Guten Morgen, sind Sie Herr Adolf Gunz?"

fragte der Uniformierte mit Tiroler Dialekt.

„Ja der bin ich, was führt Sie zu mir wenn ich fragen darf?"

„Uns liegt eine Anzeige gegen Sie vor, oder sagen wir besser, ein Hinweis, dass Sie eine Henkelaktentasche, wie sie beim Überfall auf die Bank verwendet wurde, besitzen. Ist das richtig?"

Jetzt dämmerte es Herrn Gunz: der Briefträger! Gestern hatten sie noch davon gesprochen und das für albern gehalten.

„Wie Sie sehen!"

Dabei zeigte Adolf auf die Tasche, die er in der Hand hielt:

„Sie meinen, diese Tasche, klar, die hab ich immer bei mir, hab ja schließlich mittags Hunger, und wie sollte ich sonst meine Brote mit in die Molkerei nehmen, vielleicht in der Hand tragen?"

„Nein das müssen Sie nicht, Herr Gunz, Sie müssen jetzt nur Ihre Tasche zurücklassen und mit mir in das Polizeiauto einsteigen.

Ich muss Sie festnehmen wegen des Verdachtes eines bewaffneten Banküberfalls".

Das hatte noch gefehlt! Im Nachbarhaus gegenüber wurden schon die Spitzenvorhänge leicht zurückgezogen und das Gesicht der geschwätzigen Nachbarin sichtbar. Gleich würde das im ganzen Wohnviertel herumgesprochen werden und alles wegen diesem Briefträger, na der konnte was erleben! Das konnte nur der sein.

„Sie wollen mich wegen dieser Tasche festnehmen?"

schrie Herr Gunz Herrn Jabornig an.

„Mir bleibt keine andere Wahl, ich muss jedem Verdacht nachgehen, wir müssen auch eine Gegenüberstellung mit Frau Mayer in der Bank vornehmen, ich denke, Sie werden ganz schnell wieder zu Hause oder bei Ihrer Arbeit sein können, aber wie gesagt, ich mache das wirklich nicht gerne".

Adolf verabschiedete sich von seiner Frau, ihr rannen die Tränen über die Wangen, denn sie wusste doch, dass ihr Mann ein anständiger, ehrlicher Dornbacher war. Mit einem Kuss auf den Mund verabschiedete sich Herr Gunz von seiner angetrauten Ehefrau, klein Michi hatte von all dem nichts mitbekommen und schlief noch fest in seinem Bettchen im Kinderzimmer, umgeben von Plüschtieren.

Dann ging's raus durch den Vorgarten an den schönen Blumen vorbei, der Tag schien wunderschön zu werden, die Sonne schickte ihre Strahlen mit voller Wärme auf die Erde nieder, Dornbach erwachte, es wurde bestimmt ein schöner Tag. Als sie beim Auto ankamen, stieg der Fahrer, auch ein junger Polizist, aus dem Auto und grüßte freundlich:

„Grüß Gott, Herr Gunz".

Verdammt, der kannte ihn, das war vielleicht unangenehm. Der linke Beifahrersitz wurde nach vorne gedrückt und Adolf musste nach hinten einsteigen. Danach setzte sich der junge Polizist an das Steuer des Wagens, der andere mit dem Tiroler Dialekt setzte sich auf den Beifahrersitz und mit tatü-tata ging es in Richtung Rathausplatz, entlang der Gartenstraße, vorbei an schönen Bauernhäusern mit angebauten Scheunen, Obstgärten und Streuobstwiesen in den städtischen Teil Dornbachs. Am Marktplatz vor der Polizeistation wurde ausgestiegen und, links und rechts flankiert von den zwei Beamten, ging es die Stiege hoch, vorbei am Meldeamt, bis sie an einer schwarzen Tür standen. Seitlich davon war ein Schild mit der Aufschrift ‚Polizei', und an der Tür selbst war ein Schild angebracht ‚Öffnungszeiten von 8 - 16 Uhr'. Jetzt war es neun Uhr zehn. Als sie beide Platz genommen hatten, zog Herr Jabornig einen grün eingefärbten Schreibblock aus der Lade, malte kleine Kreise und Häuser darauf und befragte Herrn Gunz höflich, da er ihn nicht für den Täter hielt. Dann griff er zu dem schwarzen Telefonhörer, wählte mit der Drehscheibe die Nummer der Großmolkerei, ließ sich von dort bestätigen, dass Herr Gunz um acht Uhr an seinem Schreibtisch gesessen hatte.

„Jetzt müssen wir halt noch eine Gegenüberstellung in der Bank durchführen, um alle Zweifel zu beseitigen, so leid es mir tut."

Sie setzten sich wieder in das Polizeiauto, diesmal ohne viel Aufhebens und fuhren zu der Bank. Dort angekommen traten sie beide ein, und kaum hatten sie die Tür aufgemacht und waren in dem Schalterraum angekommen, grüßte eine freundliche Frauenstimme:

„Ja Grüß Gott, Herr Gunz, was machen Sie denn hier in Polizeibegleitung?"

Das war jetzt aber sehr peinlich.

„Wie ich sehe, kennen Sie den Herrn ja recht gut",

wandte sich der Polizeibeamte Frau Mayer zu. Sie widersprach dem nicht und meinte:

„Wissen Sie, hier in Dornbach kennt Jeder Jeden, wir sind ja fast ein Dorf. Herrn Gunz hätte ich auch in meiner Aufregung ganz sicher erkannt. Der Täter trug ja keine Maske".

Das kann keiner von hier gewesen sein, dachte Herr Jabornig, für diesen Fall hätte man mich nicht hierher versetzen brauchen. Jeder kennt Jeden, damit war alles gesagt. Der Akt musste bei Seite gelegt werden, dafür andere Polizeiarbeit zu vernachlässigen, war geradezu strafbar. Dieser Bankraub konnte nur durch Zufall gelöst werden, nicht durch kluge Köpfe der Polizeiorgane.

Nichts wie weg aus dieser Stadt. Hier wollte er sich nicht mehr sehen lassen. Da hatte er gerade noch einmal Glück gehabt und um ein Haar hätte alles schief laufen können. Man musste doch mit allem rechnen. Dass er in der Kirche gestört wurde, war wirklich nicht geplant. Bis zum späten Nachmittag hatte er nun Zeit, seinen Geschäften nachzugehen, dann würde er seine Tasche mit dem geraubten Geld aus dem Beichtstuhl holen. Raschen Schrittes lief er die Straße entlang in Richtung Bahnhof, vorbei an blumengeschmückten Häusern und Gärten und er war froh, endlich bei seinem geparkten Auto angekommen zu sein. Nun werde ich Zeit haben, ein paar Firmen aufzusuchen, dachte er, dann vergeht die Zeit wie im Flug. Als er im Auto saß, dachte er darüber nach, wie es überhaupt so weit kommen konnte, dass er zu einem Banküberfall fähig war. Der Hausbau, noch nicht ganz fertig gestellt, hatte ihn in Schulden gestürzt, die er nicht begleichen konnte.

Als er vor einem guten Jahr mit dem Bauen begonnen hatte, war er zur Sparkasse von Heimdorf gegangen und hatte um Kredit angesucht. Damals hatte ihn der Bankangestellte beruhigt:

„Aber selbstverständlich bekommen Sie von uns das Geld, Herr Walther, wir kennen Sie ja. Sie sind in sicherer Position, geregeltes Einkommen, wie ich sehe, und noch dazu bei Farben Höchst, das genügt uns".

„Sie wissen aber schon, dass ich hauptsächlich von der Provision lebe und diese mit den getätigten Abschlüssen ausgezahlt wird".

Der Bänker nickte mit dem Kopf und fügte beruhigend hinzu:

„Sehen Sie, wenn's mal Schwierigkeiten gibt, mit uns kann man immer reden, wir sind zwar nicht die Heilsarmee, aber trotzdem".

Das waren klare Worte. Als Herr Walther dann in Schwierigkeiten kam, konnte sich der Angestellte leider nicht mehr an die Worte von damals erinnern und erklärte:

„Herr Walther wir haben eine Verpflichtung unseren Kunden gegenüber, wir sind schließlich nur die Verwalter des uns anvertrauten Geldes, ich würde Ihnen ja gerne helfen, ich sehe aber keine Möglichkeit, so leid es mir auch tut. Wenn Sie unserer Forderung nicht nachkommen müssen wir uns eine Zwangsversteigerung vorstellen, das wollen Sie bestimmt auch nicht".

Das wollte er nicht, und so blieb ihm nur diese Möglichkeit offen, das, was ihm die Bank antun wollte, jetzt einer anderen Bank anzutun, einen Bankraub.

Herr Walther suchte in Rheinau zwei Firmen auf, verkaufte dort Farben, die für die Stofffärbung benötigt wurden, besuchte noch einen Firmeninhaber, den er besser kannte, machte dort heute kein Geschäft und kehrte dann noch im Gasthaus Stern ein. Wenn er in dieser Gegend zu tun hatte, kam er immer dort vorbei, denn dieses Gasthaus war für seine gute Küche bekannt.

„Wieder mal im Lande",

wurde er von der Wirtin begrüßt.

„Was darf's denn heute sein, Rostbraten kann ich empfehlen".

Ihm war zwar nicht zum groß Essen zumute, dazu hatte er heute früh zu viel Aufregung erlebt, trotzdem bestellte er das empfohlene Essen und trank eine Flasche Gösser Bräu dazu. Als er auf seine Uhr am Handgelenk blickte, stellte er fest dass es inzwischen schon 13 Uhr geworden war. Jetzt musste er noch drei Stunden Zeit verbringen, dann konnte er sich auf den sieben Kilometer weiten Weg nach Dornbach aufmachen. Mit seinem Volkswagen war die Strecke in 15 Minuten zu bewältigen.

„Zahlen!"

rief er der an seinem Tisch vorbei gehenden Wirtin zu, sie drehte sich zu ihm, nahm einen kleinen Zettel, rechnete kurz und schrieb den zu bezahlenden Preis der Konsumierung darauf. Dreizehn Schilling und dreißig Groschen. Herr Walter zückte seine Geldtasche, gab 20 Schilling der Wirtin und sagte „15". Seine Geldtasche war gefüllt mit Scheinen, der musste heute schon gute Geschäfte gemacht haben, dachte die Wirtin, als sie dies sah. Drei Stunden wollte Herr Walther jetzt ohne Arbeit verbringen, und so ließ er seinen Käfer vor dem Gasthaus stehen und ging zu Fuß zum Rheinufer. Dort setzte er sich auf eine Bank und sah dem fließenden Wasser nach und den darauf fahrenden Booten. Die Sonne schien warm auf ihn herab, und er genoss die Ruhe und konnte sich wieder etwas von den Strapazen erholen.

Um 16 Uhr setzte er sich in sein Auto und fuhr nach Dornbach. Verkehr war wenig, denn wer hatte Anfang der 60er Jahre schon ein Automobil. Als er die ersten Häuser von Dornbach erreicht hatte, fuhr er weiter bis zum Marktplatz und stellte seinen Wagen in einer Nebengasse ab. Der Weg zur Kirche Sankt Martin war kurz und mit Absicht so ausgewählt, denn mit der Henkeltasche unterm Arm musste er nach Möglichkeit sein Auto wieder schnell erreichen.

Ganz unauffällig und langsam lief er auf die Kirche zu. Polizeiautos fuhren an ihm vorbei, die suchen mich, dachte er und blieb trotzdem ganz gelassen, nur nicht auffallen! Dann stand er vor der Kirche, öffnete die Kirchentür, die mit einem Ächzen nachgab und hörte Orgelspiel. Damit hatte Herr Walther nicht gerechnet. In der Kirche saßen und standen Männer und Frauen herum und unterhielten sich miteinander. Was ihn am meisten erschreckte: in dem Beichtstuhl, worin seine Tasche mit dem geraubten Geld liegen musste, wurde gebeichtet. denn eine ältere Frau – was konnte die schon für Sünden haben, dachte er – verließ gerade mit reuigem Gesicht sein Versteck. Er ging auf eine Reihe junger Frauen zu und fragte, wann denn die Probe zu Ende wäre.

„Wieso wissen Sie, dass wir Probe haben",

entgegnete eine forsch.

„Ihr steht und sitzt so herum und ich habe nicht das Gefühl, dass ihr zum Beten da seid".

„Gut beobachtet!"

erwiderte eine andere mit lächelndem Gesicht.

„Wird es denn heute noch lange dauern",

fragte er ganz vorsichtig die jungen Damen.

„Wissen Sie, mein Herr, wir haben heute verspätet angefangen, heute kann es lange dauern, wir proben das erste Mal das Mozart-Requiem, das hat sich unser Herr Pfarrer, der Frauenschwarm gewünscht",

dabei lachten alle in der kleinen Gruppe.

„Euer Frauenschwarm, wie heißt der denn",

fragte Heinz vorsichtig und bekam darauf gleich die Antwort:

„Unser Pfarrer ist ein toller, gutaussehender Mann in den besten Jahren, schade dass er Priester geworden ist, der Jakob Fitz".

Mit dieser Antwort gab sich Herr Walther zufrieden, nun wusste er, mit wem er es zu tun haben würde, denn eines stand für ihn fest: Die Tasche musste der Pfarrer entdeckt haben, alles andere war ausgeschlossen. Heute konnte er nichts mehr erledigen, morgen würde er den Pfarrer aufsuchen. Hoffentlich war die ganze Aufregung nicht umsonst gewesen, waren seine Gedanken, als er die Kirchentüre mit knarrendem Geräusch schloss und zu seinem abgestellten Auto lief. Dort angekommen, setzte er sich hinein, drehte den Zündschlüssel kurz um, und der Motor sprang nicht an. Was war das denn für eine alte Karre, bald werd ich mir einen neuen Wagen anschaffen können, mit dem ich nicht....

„Sie stehen hier im Halteverbot".

Vor ihm stand, an die Fahrertüre leicht angelehnt, ein Polizist in Uniform und musterte ihn mit strenger Mine. Heinz fiel das Herz in die Hose, was war das für eine Scheiße!

„Ich fahr schon weg",

erwiderte er kleinlaut.

„So schnell kommen Sie mir hier nicht weg! bitte aussteigen und die Fahrzeugpapiere und Führerschein!"

Jetzt bin ich dran, der hat bestimmt eine Personenbeschreibung von mir. Kann ja nicht sein, dass die mich in der Bank heute früh nicht beschreiben konnten.

„Ihre Papiere!"

forderte der Polizist jetzt noch mal in einem unfreundlichen Tonfall. Heinz machte leicht zitternd das Handschuhfach auf und holte die Mappe, in der die Papiere lagen, heraus und reichte sie dem Uniformierten.

„Aha, alles im Handschuhfach, inklusive der halben Million, die heute geraubt wurde",

witzelte der mit lachendem Gesicht und schaute sich die Papiere an.

„Die Papiere sind in Ordnung, aber wo ist das geraubte Geld? Damit Sie die Ordnungsstrafe zahlen können",

meinte er. Jetzt fasste sich Herr Walther wieder und lachte:

„Das habe ich der Kirche hier gespendet"

und zeigte mit der Hand auf Sankt Martin.

„Hätten Sie es lieber mir gegeben, die haben doch schon mehr als genug, allein was die von mir an Kirchensteuer kriegen",

gab der Scherzbold zurück.

„Gut, ich sehe, Sie haben keine geraubte halbe Million, aber zehn Schilling muss ich Ihnen trotzdem abnehmen, ich hab Ihr Auto beobachtet, Sie standen eine halbe Stunde hier im Halteverbot".

Erleichtert zahlte Heinz die geforderten zehn Schilling und nahm die Quittung und Papiere in Empfang.

„Das nächste Mal, wenn Sie sich wieder in Dornbach aufhalten oder gar in die Kirche beten geh'n, achten Sie bitte darauf, wo Sie Ihren Wagen abstellen. Hier in Dornbach wird ab heute jeder beobachtet, Sie wissen ja, der Bankraub und die Prämie, auf die sind alle scharf".

Heinz nickte und deutete an, dass er davon gehört hätte. Dann stieg er in den Wagen, startete, diesmal sprang der Wagen sofort an, als ob er sich auch gefürchtet hätte, hier länger stehen zu bleiben, und fuhr zu seiner Familie nach Heimdorf. Morgen, ja morgen würde er wiederkommen.

Nun war er doch schon einige Jahre im kirchlichen Dienst, hatte viel Schönes und leider auch viel Schlechtes erfahren. Man konnte gar nicht glauben, was für Abgründe sich in der menschlichen Seele auftaten, von Bürgern, die im täglichen Leben bestimmt unauffällig durch die Gegend gingen. Seine Tante, die ‚Tantan' versorgte seinen Haushalt prächtig, hielt seine Wäsche in Ordnung und kochte für ihn gut und reichlich. Seit er im Amt war, hatte sich die Kirchengemeinde stark vergrößert, und wenn ein Hochamt am Sonntag war, kam es vor, dass sämtliche Kirchenbänke voll besetzt waren und Leute, die noch der Messe beiwohnen wollten, keinen Sitzplatz in der Kirche bekamen und eine Stunde stehend verbringen mussten. Der Kirchenchor hatte sich stark vergrößert, vor allem an weiblichen Mitgliedern, und man führte inzwischen Schubert- und Mozart-Messen auf. Die Männer und Frauen mit den schönsten Stimmen durften die Solopartien singen. Pfarrer Jakob hatte aus seiner Kirche viel gemacht, und so wurde sie in Ermangelung eines Konzertsaales auch für Liederabende und kirchliche Konzerte genutzt. Dieses Programm wurde in Dornbach gerne angenommen, gab es doch kulturell sonst keine nennenswerten Veranstaltungen. Einmal im Jahr wurde am Marktplatz eine Bühne aufgestellt, und Laienspieler brachten Stücke wie ‚die Pest in Dornbach' zur Aufführung, der Stoff solcher Stücke betraf das 17. Jahrhundert und der Platz war meist ausverkauft.

In Dornbach hatte sich auch viel verändert, die Textilindustrie hatte Fuß gefasst, Türkische Gastarbeiter bevölkerten die Straßen. Die Einwohner standen solch fremdländischen Menschen skeptisch gegenüber, und Pfarrer Jakob hatte Mühe, den Leuten seiner Gemeinde klar zu machen, dass dies auch Menschen seien wie die Dornbacher, auch wenn sie eine andere Glaubensrichtung hätten.

„Zeigt christliche Nächstenliebe, ladet sie zu Euch ein, nehmt sie in eure Mitte auf und gebt ihnen das Gefühl, nicht Fremde hier zu sein",

waren seine Worte. Aufgenommen wurden diese Menschen, aber die Dornbacher machten aus der Armut ein Geschäft und vermieteten den Ausländern alte, zum Teil nicht bewohnbare Bauernhäuser zu teuren Mieten. ‚Tantan' regte sich über solche Unverschämtheiten immer wieder auf und wirkte auf Jakob ein, dieses Thema in der Predigt anzubringen.

„Du hast die Möglichkeit, in ihr Gewissen zu reden, drohe ihnen mit Verdammnis oder sonst was".

„Wer glaubt denn heute noch an die Hölle, da würde ich ja ausgelacht".

„Übrigens, heute war ein Brief vom Bistum in Innsbruck für Dich im Briefkasten".

Hatte das was Gutes zu bedeuten?

„Ich hab den Brief auf den Tisch gelegt, im Arbeitszimmer".

Jakob sah ihn liegen, blau umrahmt, als Absender stand in schwarzer Zierschrift ‚Bistum Innsbruck', für Jakob wie eine Drohung. Er hob den Brief vom Tisch auf, machte ihn mit unruhiger Hand auf, nahm das Schreiben aus dem Kuvert und las die paar Zeilen, welche Unheil verkündeten. Er hatte sich in den nächsten Tagen in Innsbruck einzufinden, nach vorheriger telefonischer Anmeldung...

„ ...bei dem von Ihnen geführten Lebenswandel ist das Bistum verpflichtet, disziplinarische Maßnahmen gegen Sie einzuleiten. Es wird Ihnen freigestellt, sich dazu zu äußern".

Das Bistum Innsbruck war ein herrschaftlicher Bau, den eine große Gartenanlage mit einer schönen Hofeinfahrt zierte, gelegen nicht weit vom ‚Goldenen Dachl', dem Wahrzeichen dieser Stadt. Ein lauer Föhnwind bei warmem Wetter erzeugte bei Hochwürden Fitz Kopfweh, und die Vorahnung tat das übrige dazu. Der Zölibat war sein Unglück. Ich bin doch ein guter Seelsorger, dachte er, habe meine Kirche immer am Sonntag voll, und trotzdem muss ich diesen dornigen Weg hier in die Patscher Straße antreten. Wer war denn vor Gott der bessere Diener, ich der nicht Enthaltsame oder vielleicht ein Priesterkollege, der sich an den Zölibat hielt, dachte er. Wer hatte seinen Lebenswandel für nicht gut befunden und ihn so angeschwärzt? Das musste ein Feind sein, Einer, der sich bei ihm rächen wollte, Einer, der ihn aus Dornbach weg wünschte. Dann überlegte er krampfhaft, kam zu keinem Ergebnis, denn die paar Liebschaften, die er gehabt hatte in letzter Zeit, waren alle von kurzer Dauer. Die Frauen legten es auf ihn an und wollten einfach herausfinden, ob er denn wirklich so fromm wäre, wie er sich öffentlich darstellte. Die letzte Affäre lag allerdings noch nicht lange zurück und hielt bis heute. In die Lisa hatte er sich wirklich verliebt und sie sich in ihn. Es war nicht beabsichtigt, hatte sich einfach ergeben. Wenn er nur an sie dachte, wurde ihm warm ums Herz, und manchmal hätte er am liebsten den Talar weggeworfen und wäre mit ihr weit weg geflogen, dahin, wo sie niemand kennen würde und sie glücklich miteinander leben könnten. Es ging nicht. Lisa war verlobt und versprochen und er im Priesteramt. Oft dachten beide nach, um einen Ausweg zu finden. Dem Verlobten von Lisa war das Verhältnis zu Ohren gekommen, er suchte Jakob auf, drohte ihm sogar mit Erschießen oder Erschlagen,

„wenn Du nicht sofort die Finger von meiner Verlobten lässt". Der Pröll hatte ihn sicher angezeigt, das konnte nur der gewesen sein, dachte er, als er vor dem Gartenzaun des herrschaftlichen Hauses angelangt war, läutete und um Einlass bat.

Es wurde ihm geöffnet, und nachdem er sich vorgestellt hatte bei einem in schwarz gekleideten Priester, wurde er mit ernstem Gesicht aufgefordert, zu folgen. Was waren das für Prunkräume, überall Stuckdecken, verziert mit Blütenornamenten, rote Teppiche ausgelegt, weiße große imposante Flügeltüren. Vereinzelt waren die Räume mit ausgesucht schönen Möbeln ausgestattet, überhäuft mit Antiquitäten und kirchlicher Kunst. Sie kamen an eine große verzierte Tür mit Goldknauf, der ihn begleitende Priester klopfte drei Mal an die Tür und von innen hörte man:

„Herein!".

Nun stand Jakob vor seiner ‚Heiligkeit', dem obersten Bischof, seinem kirchlichen Richter. „Eminenz, darf ich mich vorstellen?",

eröffnete Jakob das Gespräch. Der gutaussehende, gepflegte Mann, gekleidet in einen dunklen Anzug – am Revers war ein kleiner Stecker in Form eines Kreuzes angebracht – lächelte und wiegelte ab: „

Sie machen mich schon zum Kardinal mit Ihrer Anrede".

„Sie haben mich herbestellt. Ich bin Pfarrer Jakob Fitz aus Dornbach in Vorarlberg",

dann gaben sie sich die Hand und der Bischof stellte sich mit den Worten

„Bischof Körner"

vor.

Auf Jakob machte er einen sympathischen Eindruck: Wie er gekleidet war und sich förmlich gab, schien Bischof Körner sehr weltlich zu sein, zumindest wirkte er auf Jakob so.

„Herr Fitz, lassen wir die Heiligkeiten bei Seite und sprechen wir wie zwei erwachsene Männer miteinander, wäre mein Vorschlag"

Das hörte sich doch recht gut an.

„Uns ging wieder mal, nicht zum ersten Mal ein anonymes Schreiben zu, in welchem Ihre Frauengeschichten angeprangert werden und der gute tadellose Ruf der Kirche auf das gröbste verletzt wird. Sie müssen verstehen, wir können so was nicht durchgehen lassen. Wir werden über jede Pfarrei informiert, eben auch über die Ihrige, Sankt Martin, und wissen auch sehr zu schätzen, dass Sie, Herr Fitz, Ihren Dienst vorzüglich verrichten, wenn nicht immer wieder diese Weibergeschichten wären."

Jakob wurde rot.

„Sie haben doch bei Ihrer Weihe gewusst und wurden aufmerksam gemacht, dass Frauen zum Liebesleben eines Priesters nicht gehören dürfen. Ich muss gestehen, leider ist es so".

Der hatte Verständnis dachte Jakob.

„Sie, mein Lieber, bringen große Unruhe nach Dornbach und die Kirche in Verruf, was wir wiederum nicht dulden können. Wenn Sie es ohne Frau nicht aushalten, so suchen Sie doch bitte eine Haushälterin für Ihr Pfarrhaus, die können Sie dann fest einquartieren, und kein Mensch wird es Ihnen verübeln".

So einfach könnte es sein

„Herr Bischof…"

„lassen Sie doch das Wort Bischof weg!"

Der war angenehm

„Herr Körner wissen Sie, ich hab schon eine Haushaltshilfe, meine Tante hilft mir dabei den Haushalt in Ordnung zu halten, und das zwei, drei Mal in der Woche, gegen geringe Bezahlung. Ihr Vorschlag wäre gut für mich, aber da wiederum käme sowieso nur meine heimliche Liebe in Frage, und wenn ich die als Köchin bei mir im Pfarrhaus aufnehmen würde, wäre das der Ruin für die Gemeinde und ich das Stadtgespräch".

Der Bischof nickte:

„Das Stadtgespräch sind Sie sowieso jetzt schon, sonst wären wir hier in Innsbruck nicht in Kenntnis gesetzt worden. Ich mein es wirklich gut mit Ihnen, auch ich war mal so jung wie Sie, auch ich hatte die selben Nöte und Probleme, aber wenn Sie sich so weiter verhalten, bleibt mir nichts anderes übrig, als Sie, so ungern ich es auch tun würde, zu versetzen. Die zweite Möglichkeit wäre dann noch eine Missionsstation in Afrika, vielleicht für Sie, lieber Herr Fitz, das Beste. Da hätte die katholische Kirche bestimmt nichts dagegen, wenn Sie Ihre Freundin, von der Sie nicht lassen können, mitnehmen würden. Vorausgesetzt, ihre Liebe zu Ihnen wäre so groß, dass sie das Leben dort mitmachen würde. So schlecht wär' es ja nicht. Wir haben einige Missionen in Afrika, welche wir gerade aufbauen, Krankenhäuser errichten und die Neger zum Christentum versuchen hin zu leiten. Die haben zwar ihren Voodoo-Zauber und glauben daran, wir unsere Rituale die dem auch manchmal ähnlich sind. Lieber Herr Fitz, nehmen Sie bitte meine Worte ernst, betrachten Sie diese als Warnung und gehen Sie mit Gott".

Dann verabschiedete sich Bischof Körner von Pfarrer Fitz mit einem festen Händedruck und freundlichem Lächeln.

„Ich glaube, den Weg nach draußen finden Sie ohne Begleitung".

Das war ein sehr gutes anregendes Gespräch, er hatte es sich viel schlimmer vorgestellt, na ja, es hatte sich wieder bewahrheitet, ein Bischof war auch nur ein Mensch, mit viel Stärken, auch mit viel Schwächen, wie er den Worten entnommen hatte. Mit einer tiefen Verneigung und ernstem Gesichtsausdruck verließ Jakob das Arbeitszimmer des Bischofs...

Wie, wenn vor dem Zimmer gelauscht worden wäre, wurde die Türe von außen geöffnet, und ein Priester in schwarzem Gewand zeigte Jakob mit einer freundlichen Handbewegung den Weg nach draußen. Wo befand er sich hier überhaupt. War das die Bescheidenheit, die Armut, die in der Bibel immer wieder beschrieben wurde. Dabei hatte Bischof Körner nicht den Eindruck erweckt, dass er auf diesen Prunk Wert legte. Dieses Pompöse war unübersehbar und strahlte die Macht der Kirche aus. Dennoch war bei ihm keine Überheblichkeit zu spüren gewesen, er strahlte genug Souveränität durch seine Haltung, seine Stimme und sein Aussehen aus, um sein Gegenüber in Schranken zu halten. Die dunklen Haare streng nach hinten gekämmt und ein vom Leben und Alter gezeichnetes Gesicht waren genug und hätte nicht diesen Prunk benötigt. Dass der Bischof in jungen Jahren ähnliche Schwierigkeiten wie er, Jakob, gehabt hatte, ließ er im Gespräch durchblicken. Auffallend waren auch die gepflegten Hände, denen man ansah, dass ihnen körperliche Arbeit fremd war. Ein goldener Ring mit einem roten funkelnden Stein zierte den Zeigefinger und vergrößerte seine Machtposition, in diesem Amt.

Die Sonne schien, und Wärme durchflutete seinen Körper, als Jakob ins Freie trat. Im Park waren Blumen in Beeten angepflanzt, die in den herrlichsten Farben rot, gelb und lila leuchteten, vermischt mit grün. Ein Springbrunnen plätscherte monoton Wasser in die Höhe und erzeugte ein Gefühl von Kühle. Seitlich in der Nähe des Gartentores bei der Einfahrt war ein großer

Opel Kapitän, eine Luxuslimousine geparkt. An die Fahrertür angelehnt, eine Zigarette rauchend, stand ein in dunklen Dress gekleideter jüngerer Mann, wie es schien, der Fahrer des Autos

„Hallo Herr Pfarrer",

grüsste er Jakob,

„Sie kommen doch gerade von drinnen, wissen Sie, ist der Bischof Körner noch im Haus?".

Jakob drehte sich zu dem jungen Mann und meinte, dass das wohl sein müsste, denn er hätte vor fünf Minuten noch ein Gespräch mit dem Bischof geführt. Mit dieser Antwort war der Fragende zufrieden, und Pfarrer Fitz ging durch das Gartentor auf die vorbeiführende Straße zu, bog links ab in Richtung Bahnhof. Es war eine schöne Gegend, Villen standen links und rechts der Straße, mit schönen großen Gärten und Einfahrten davor. Hier wohnten reiche Leute. Als er auf seine Uhr schaute, sah er, dass er noch viel Zeit hatte, um seinen Zug nach Dornbach zu erreichen, und so kehrte er in einem Gasthaus ein, das er auf dieser Straße sah. Ein schön gepflegter Biergarten lud zur Rast ein. Kastanien-Bäume warfen große Schatten, und es war schön kühl, als er sich einen Platz unter so einem Baum ausgesucht hatte.

Nur zwei Tische waren besetzt, die Kellnerin, eine ‚wantsche Trudl', bemerkte ihn und er bestellte ein Bier.

„Sie sind nicht von hier",

stellte sie fest und musterte Jakob in seinem dunklen Anzug mit dem Kreuzanstecker.

„Wieso wissen Sie das?".

„Sie sprechen keinen Tiroler Dialekt".

Er nickte und beendete das Gespräch. Für heute war genug geredet. Nach ein paar Minuten kam die Bedienung und stellte das kühle Bier mit einer wunderbaren Schaumkrone auf den Tisch.

Jakob hatte das Gefühl, dass sie beleidigt war, weil er sich in kein Gespräch eingelassen hatte. Trotzdem schmeckte der erste Schluck des Gerstensaftes hervorragend gut, besser als abgestandener Messwein. Eine Stunde verbrachte er in dem schönen Garten, im Schatten der Bäume, bezahlte und machte sich auf den Weg zum Bahnhof. Leute kamen ihm auf dem Weg entgegen und grüßten in freundlich. Manche waren sommerlich gekleidet, und er wurde durch seinen dunklen Anzug als Priester erkannt. Nie wurde er mit „hallo" oder „guten Tag" begrüßt, immer mit „Grüß Gott", das klang frommer. Nur der Fahrer des Opel Kapitän grüßte und fragte ihn mit einer einfachen Anrede. Man merkte, dass der nur von ‚Schwarzkutten' umgeben war und den Respekt dadurch verloren hatte.

An der Straßenseite, die er entlang ging, waren kleine Rasenflächen angelegt, mit Bänken zum Verweilen. Der Blick hier war umwerfend schön. Das Karwendelgebirge war durch die Föhnstimmung zum Greifen nah, und der Inn mit seinem grün schimmernden Wasser floss träge dahin. Hier setzte er sich auf eine Bank, genoss den Anblick der Naturschönheiten und dachte über das Gespräch mit Bischof Körner noch mal nach. Wie recht er doch hatte. Trotzdem, von Lisa konnte und wollte er nicht mehr lassen, er hatte sich verliebt, und schon bei dem Gedanken an sie wurde ihm warm uns Herz. Das war eine andere Art der Zuneigung.

Die Gespräche, die Nähe der Zweisamkeit konnte er nicht mehr missen. Wie hatte der Pfarrer Wieser kurz vor seiner Versetzung in den Ruhestand geantwortet, als Jakob bei einem der vielen Gespräche ihm diese vertrauten Dinge gebeichtet hatte.

„Jakob, ab einem bestimmten Alter ziehen Sie einen Zwiebelrostbraten und dazu ein Glas Rotwein dem körperlichen Liebesakt vor. Nur momentan wollen Sie noch nichts anbrennen lassen. Die Natur hat das alles so eingerichtet, es regelt sich von selbst".

Das waren die Worte eines alten Mannes, er aber war noch jung und konnte sich damit nicht zufrieden geben.

In Gedanken versunken hätte er beinahe die Zeit verpasst. Der Bahnhof war noch ein schönes Stück entfernt, jetzt musste er sich beeilen, um den Zug noch rechtzeitig zu erreichen…

Am ,Goldenen Dachl' vorbei, noch ein paar hundert Meter, und schon sah er das grün gedeckte Dach des Bahnhofs vor sich. Als er am Bahnsteig stand, hatten sich schon viele Menschen eingefunden. Koffer und Taschen waren abgestellt, ein Gepäckwagen rollte an ihm vorbei und hätte ihn beinahe umgestoßen. Von Ferne hörte man die Geräusche des heranfahrenden Zuges, der mit einem quietschenden Geräusch anhielt. Menschen stiegen aus den Waggons, andere wieder ein. Er suchte sich einen freien Platz im dritten Klasseabteil mit Blick aus dem Fenster, dann sah er, wie der Fahrdienstleiter eine rote Kelle hochhielt, einen Pfiff mit der Trillerpfeife von sich gab und der Zug langsam anfuhr, den Bahnhof und die am Bahnsteig stehenden Menschen hinter sich lassend. Jetzt hatte Pfarrer Fitz drei Stunden Zeit. Die Bahnhofsuhr in Dornbach zeigte genau 19 Uhr an, als er dort ankam. Nach einem kurzen Fußmarsch die Bahnhofstraße hoch, kam er zur Marktstraße, sah seine Kirche Sankt Martin und war froh, wieder im Pfarrhaus angekommen zu sein.

Pröll, von Beruf Pferdemetzger, hatte seinen Metzgerladen im Oberen Dorf, machte gute Geschäfte. Pferdefleisch, für Liebhaber eine Delikatesse, wurde gerne gekauft. Seine Kunden kamen sogar über die Schweizer Grenze zu ihm. Besonders diese Schweizer wussten die Qualität seines Pferdefleisches zu schätzen. Er selbst liebte seinen Beruf, wenngleich er ihm viel abverlangte. Mitleid mit der Kreatur durfte er nicht aufkommen lassen. Als Ausgleich zu seiner Arbeit war Pröll in den Boxclub „BC Dornbach" eingetreten. Hier konnte er seine Stärke unter Beweis stellen. Er, ein Mannsbild von imposanter Größe und einem Gewicht von über hundert Kilogramm, war der Richtige, um bei Wettkämpfen anzutreten und zu gewinnen. An Kraft und Ausdauer fehlte es ihm nicht.

Kennen gelernt hatte er Lisa, als sie sich von einer Freundin überreden ließ und mitging, um einem Kampf beizuwohnen. Er hatte durch K.O. gewonnen und war der große Star des Clubs. Dem Pröll gefiel Lisa so gut, dass er nicht mehr von ihr lassen wollte und um sie warb. Nach ein paar Wochen gab sie seinem Werben nach und sie wurden ein Paar. Pröll war acht Jahre älter als Lisa und ein sehr eifersüchtiger Mann, wahrscheinlich rührte das daher, dass er nicht gerade traumhaft schön aussah, dies aber durch seine Popularität als Schwergewichtsboxer wettmachte. Wenn in Dornbach ein Festzelt aufgestellt und gefeiert wurde, sah man ihn immer in der Menge, und bei einer dummen Anrede eines Streitsuchenden ließ er sofort seine Fäuste sprechen. Der Gegner hatte keine Chance. Lisa missfiel dieses Verhalten, war sie doch von sensibler Natur, und die Leute, die sie kannten, wunderten sich, dass dieser grobschlächtige Bursche so lange ihr Liebhaber sein konnte. Man munkelte, „die mag ihn nur wegen des Geldes".

Lisa wohnte auch im Oberen Dorf von Dornbach, sang für ihr Leben gern und hörte immer wieder, wie gut der Kirchenchor in Sankt Martin wäre und dass er zur Vergrößerung gute Stimmen suchen würde. Sie meldete sich im Pfarramt an, eine Frau in mittleren Jahren verwies sie an Pfarrer Jakob Fitz und als sie ihn ansah, war es um sie geschehen. So ein netter gutaussehender Mann, warum musste der ausgerechnet Pfarrer werden, dachte sie und verliebte sich in ihn, ohne dass er es mitbekam. Jakob kam dann öfter zum Zuhören zu den angesetzten Proben, dies auch wiederum auffallend, seit Lisa mitsang. Er unterhielt sich besonders gerne mit ihr, da sie ihm so gut gefiel. Dabei erfuhr er von Lisa, dass sie mit Herrn Pröll, dem Metzger zusammen sei, merkte aber, dass der nicht der Richtige für sie war und je öfter sie sich sahen, desto mehr wurden die Gefühle für einander geweckt, Bis er und sie vergaßen, dass er Pfarrer war. Von dem Tag an trafen die beiden sich heimlich und immer, wenn er allein im Pfarrhaus war, weil ‚Tantan' frei hatte. Es blieb nicht aus, dass ihr Verhältnis bald zum Dornbacher Stadtgespräch wurde.

Dies kam natürlich dem Manfred Pröll zu Ohren. Er stellte seine Lisa zur Rede, und sie gab ihr Verhältnis mit Jakob zu. Große Streitereien folgten, Verwünschungen wurden ausgesprochen und sie trennten sich im Streit. Wenn Manfred zum Training in seinen Boxclub ging und auf Sandsäcke einschlug, wurde er von seinen Kameraden gehänselt, denn die wussten auch, dass die schöne Lisa ihn, den Champ mit dem Pfarrer von Sankt Martin betrogen hatte und sie jetzt kein Paar mehr waren. Das kränkte Pröll besonders, und jeder konnte hören, wie er immer wieder polterte:

„Dem Sauhund, dem Hurensohn" werde er bei nächster Gelegenheit die Fresse polieren. „Hinterher kann er dann meine Beichte abnehmen, wenn er dazu noch im Stande ist".

Auch hatte er auf Rache gesetzt und schon zweimal Briefe ans Bistum Innsbruck geschrieben – obwohl er des Schreibens ohne Fehler nicht mächtig war – in denen er den schlechten Lebenswandel des Pfarrers Fitz anklagte. Seine Briefe endeten meistens mit dem Wortlaut „ ...sehen wir uns gezwungen aus der Kirche auszutreten, da wir als gute Katholiken nicht bereit sind, Kirchensteuer zu bezahlen, damit so ein liederlicher Pfarrer mit unserem Geld bezahlt werden kann".

Solche Texte mussten die Obrigkeit erschrecken.

Die Probe zum Mozart Requiem hörte er sich noch bis zum „Tuba mirum" an, dann sah er, wie noch eine alte Frau vor seinem Beichtstuhl in der Kirchenbank kniete und er fragte sie, ob sie beichten möchte.

„Ich bin voll Sünde",

meinte die einfach gekleidete Bauernfrau mit verhärmtem Gesicht. Jakob öffnete die zwei kleinen Flügeltüren des Beichtstuhls, nahm Platz auf der kurzen unbequemen Holzbank im Inneren. Es war dunkel und nur ein heller Schein drang durch das Gitter des Beichtstuhls. Etwas Hartes drückte ihn und ließ ihm kaum Platz zum Sitzen. Er fasste mit der Hand danach und hatte zwei Henkel einer großen Tasche in der Hand. Das war vielleicht komisch. Wie war diese Tasche in den Beichtstuhl gelangt? Die hatte hier wirklich nichts verloren. Die Frau, die er zuvor angesprochen hatte, kniete jetzt nieder, getrennt durch eine vergitterte Wand und bekannte sich zu den Sünden. Was er zu hören bekam war nicht von großer Bedeutung, da sah es in seinem Inneren schlechter aus.

„Bereue, dann vergebe ich Dir, zur Buße betest du zwei ‚Vater unser' und ein ‚Gegrüßt seist du!' Gehe hin in Frieden"

waren seine letzten Worte, dann wartete er noch ein paar Minuten und als Niemand mehr kam, nahm er die Tasche unter den Arm und verließ mit Neugier den Beichtstuhl.

Wer hatte solch eine Frechheit gehabt und den Beichtstuhl als Ablage oder gar als Versteck ausgewählt? Ein gottesfürchtiger Mensch konnte das wohl nicht sein. Vielleicht ein Mensch in Not, der nicht mehr wusste wohin damit und sich sicher war, dass er die Tasche nur kurzzeitig hier lassen musste. Als Jakob die Sakristei betrat, zog er sein Priestergewand aus, hängte es in den braun gebeizten Kleiderschrank in der Ecke, nahm die Tasche und lief ins Pfarrhaus hinüber. Im Arbeitszimmer setzte er sich auf einen verschnörkelten Stuhl, als er die Stimme im Flur hörte:

„Jaki, hast du es auch schon gehört, es sollen so um die 500.000 Schilling sein, wenn man die Schweizer Franken mitrechnet, die der Räuber heute Vormittag bei dem Banküberfall auf das ÖCI geraubt haben soll, die Prämie zur Ergreifung ist auf 60.000 Schilling erhöht worden".

Das interessierte ihn wenig, er wollte jetzt allein sein und endlich die Tasche öffnen können, ohne von seiner Tante gestört zu werden.

„Ich gehe dann, du kommst ja ohne mich zurecht, das Essen steht auf dem Herd".

Er bedankte sich und meinte, sie könne jetzt schon Feierabend machen, er wäre froh, wenn er noch etwas Zeit für sich allein habe. Daraufhin verabschiedete sich die ‚Tantan' von ihm, warf einen kurzen Blick auf die Tasche mit den großen Henkeln und fragte:

„Ist die neu?"

Er lachte ganz aufgeschreckt und entgegnete:

„Die hat ein Kirchenmitglied liegen lassen, ich heb sie nur auf, der oder die wird sich morgen schon melden".

„Du brauchst ja nur hinein zu sehen, vielleicht ist eine Adresse oder ein Hinweis im Fach, sie sieht ja nicht leer aus".

Das werde er schon machen, das hätte noch Zeit.

„Gut dann gehe ich jetzt, du kommst klar",

und schnellen Schrittes entfernte sie sich, die Tür fiel ins Schloss und Jakob öffnete voll Neugier die neben ihm am Boden stehende Tasche.

Das erste was er sah, war zu seinem Erstaunen eine fein zusammengelegte dunkle Hose. Er nahm sie aus der Tasche und sein Blick erstarrte vor Schreck oder Freude, er wusste nicht mal weshalb, da lagen Geldscheine gebündelt in Banderolen und lose, manche sahen ganz neu aus, anderen sah man an, dass sie schon durch viele Hände gewandert waren. Wie ein Blitz traf es Jakob: Das muss das geraubte Geld sein, denn er sah zu seiner Freude auch, dass Schweizer Franken mit dabei waren. Jetzt musste das Essen warten, zuerst wollte er wissen, wie hoch die Summe war, die da vor ihm lag. Mit zittrigen Händen leerte Jakob den Inhalt der Tasche auf den Tisch, dann nahm er die Bündel Banknoten und zählte sie. Zum Schluss kamen noch die einzelnen Geldscheine dran. Jetzt hatte er die Schilling in Banknoten abgezählt und stellte fest: Es waren 473.000 Schilling. Die Schweizer Franken waren gebündelt in vier Mal 10.000 und der Rest lag verstreut auf dem Tisch. Acht Scheine zu 1000 Schweizer Franken.. Wenn man den Umrechnungskurs rechnete der eins zu sieben war, so ergab sich zu den 473.000 Schilling noch einmal die Summe von circa 330.000 Schilling. Jetzt kam er auf die Summe von 800.000 Schilling. Das verstand er nicht ganz, denn als er mittags die Nachrichten im Radio gehört hatte, war die Rede von ca. 500.000 Schilling. Diese Summe wurde vom ÖCI als geraubt angegeben. Die mussten die Schweizer Franken vergessen haben. Für Jakob stand nun fest, dieses Geld konnte kein ehrlich verdientes sein, denn wenn es das gewesen wäre, hätte er es nicht im Beichtstuhl liegend finden können.

Der Täter könne nicht beschrieben werden, da die zwei Bankangestellten zu nervös und ängstlich gewesen seien, um den Mann in Augenschein zu nehmen. Ganz zum Schluss der Nachrichten erklärte der Radiosprecher, dass das Geldinstitut eine Prämie von 60.000 Schilling ausgesetzt habe, wenn durch einem Hinweis der Täter gefasst werden könne. Morgen, am Samstag, wird die Meldung im ‚Vorarlberger Alpenblick' ganz sicher auf dem Titelblatt zu lesen sein, dachte Jakob, denn das war hier im

Ländle eine Sensation, ein Banküberfall! Etwas machte ihn allerdings unsicher, ob das wirklich das geraubte Geld sein konnte, denn die geraubte Summe stimmte mit dem Inhalt der Tasche nicht überein. Wenn das nicht das Geld vom Banküberfall war, woher stammte es dann sonst? Vor sich liegend hatte er einen Block weißes Papier und einen Füllfederhalter und war dabei, Texte für seine Predigt am Sonntag vorzubereiten, daneben stand die Tasche und auf dem Tisch, fein gezählt und in Bündeln geschlichtet, das Geld. Er war nicht fähig, richtig zu denken und einen guten Text mit Hilfe der Bibel zusammen zu kriegen, als im Flur der schrille Klingelton des schwarzen Telefons zu hören war.

Wer konnte das jetzt sein? Zu einem langen Gespräch und tröstende Worte war er jetzt nicht aufgelegt, trotzdem lief er den Flur entlang, nahm den Hörer ab und meldete sich mit

„hallo".

Dann entstand eine lange Pause und eine ihm unbekannte Stimme fragte in nervösem Ton:

„Mit wem spreche ich?"

Jakob antwortete, dass der Unbekannte den hiesigen Stadtpfarrer von Sankt Martin in Dornbach am Apparat habe. Der Anrufer gab sich damit nicht zufrieden und wollte wissen wie er denn heiße.

„Ich bin Pfarrer Fitz, es gibt nur mich als zuständigen Pfarrer dieser Kirche".

Jetzt war der Anrufer zufrieden und er meinte:

„Dann haben Sie am späten Nachmittag in Ihrem Beichtstuhl eine Tasche gefunden, die mir gehört, ich muss jetzt Schluss machen, vor meiner Telefonzelle warten Leute die mir andeuten, dass sie dringend telefonieren müssen, ich rufe Sie in einer halben Stunde noch mal an. Bitte keine Polizei!".

Dann war ein Knacken zu hören und das Besetztzeichen. Also, jetzt wusste Jakob, um welches Geld es sich handelte und konnte überlegen, was er in einer halben Stunde dem Bankräuber vorschlagen würde, wenn der damit einverstanden wäre, was er wohl musste. Die Polizei würde er nicht verständigen, denn der Typ hatte wohl große Not.

Die drei Personen vor der Telefonzelle deuteten Herrn Walther mit Handbewegungen und Fingerzeigen an, dass er aufhören solle zu telefonieren, so dass er mit Widerwillen den Telefonhörer in die Gabel hängte und die Telefonzelle des kleinen Ortes verließ. Dann setzte er sich in sein Auto und fuhr die paar hundert Meter zu seiner Wohnung. Dort wurde er schon von den zwei Kindern und seiner Frau Hadwig erwartet. Da er den ganzen Tag unterwegs war, mit seinem Farbenkatalog, kochte seine Frau zweimal am Tag warm. Heute freute er sich schon auf das Abendessen, denn Kässpätzle mit gerösteten Zwiebeln liebte er besonders, und der Duft aus der Küche sagte ihm, dass es Kässpätzle gab.

„Wie war dein Tag?"

begrüßte ihn Hadwig und die zwei Kleinen sprangen an ihm hoch.

„Viel zu tun, gute Geschäfte gemacht",

sagte er fröhlich.

„Ich muss dann noch mal vor dem Essen telefonieren, muss noch zwei Termine fix machen".

Sie unterhielten sich über alles, was so am Tag passiert war und seine Frau fragte, ob er es auch schon gehört habe, einen Banküberfall hätte es in Dornbach gegeben und der Täter hätte eine halbe Million erbeutet.

„Dann hat es sich wenigstens für den Täter gelohnt",

war darauf seine Antwort und mit leichten Schritten ging er zum Esstisch, wo seine zwei Kinder schon auf ihn warteten und ‚Mensch ärgere Dich nicht' mit ihm spielen wollten. Er verlor, und die Kinder schlugen vor:

„Papa wir spielen Mikado!"

Da ging's ihm nicht besser, denn seine Hände zitterten bei jedem Niederdrücken und berührten ein Stäbchen.

„Was ist denn mit dir heut los?",

erkundigte sich seine Frau mit lachendem Gesicht.

„Kinder, spielt allein weiter, ich glaube euer Papa möchte sich ein Viertelstündchen hinlegen und ausruhen".

Was er dann auch tat. Auf dem Sofa liegend überlegte er, dass er hier in der Wohnung das Telefon nicht benutzen konnte, da hätte er nicht sprechen können. Beim Gang auf die Toilette kam er am Telefon vorbei, zog den Anschlussstecker aus der Buchse, aber nur soweit dass er beim Hinsehen noch als verbunden betrachtet werden konnte. Dann schaute er auf die Uhr, sagte:

„Seid bitte leise, ich muss telefonieren",

ging in den Vorraum der Wohnung, nahm den Telefonhörer von der Gabel und rief seiner Frau zu, die gerade aus der Küche kam und an ihm vorbei ging.

„Was ist mit unserem Telefon los, das funktioniert nicht".

Sie erwiderte:

„Das ist mir auch schon passiert, dann musst du halt zum Telefonhäuschen auf die Straße gehen, ein paar Schritte laufen schadet dir auch nicht", was er gerne bejahte. Auf der Straße war es noch sehr warm, als er in Hemd und Hose bekleidet die Telefonzelle betrat, ein paar Schilling in den Schlitz warf und die Telefonnummer, die er fein säuberlich aufgeschrieben in der Hosentasche hatte, wählte.

Pfarrer Fitz nahm, nachdem er das Gespräch beendet hatte, 47.000 Schweizer Franken von dem liegenden Geld weg und legte es seitlich auf den Tisch, dann zählte er von den 473000 Schilling 40.000 Schilling weg, weil er sich sagte, dass der Räuber von circa einer halben Million ausging und er diesen in dem Glauben lassen wollte. Die Prämie zur Ergreifung des Täters wäre ja 60.000 Schilling gewesen, er wollte nicht unverschämt sein. Die Schweizer Franken hatten immerhin bei einem Umrechnungskurs von eins zu sieben, einen Wert von 330.000 Schilling. Dieses Geld gab er, aufgeteilt je zur Hälfte, in 2 Kuverts, klebte sie zu und steckte je ein Kuvert in die linke und rechte Innentasche seines dunklen Anzuges, den er privat am liebsten trug. Dann legte er sämtliche restlichen Banknoten – es war immerhin noch eine halbe Million – in die Tasche, legte die dunkle Hose wieder obenauf und machte die Henkeltasche mit den zwei Klappverschlüssen zu, stellte sie auf den Fußboden neben seinen Schreibtisch und wartete auf den Anruf. Als er in der Bibel nach geeigneten Worten für die Predigt am Sonntag zum Hochamt blätterte, fand er passende Worte, die er auch an die Leute richten konnte, die immer mit Fingern auf ihn zeigten, und er schrieb auf den Papierblock: „Richtet nicht, damit ihr nicht gerichtet werdet, denn mit dem Urteil mit dem ihr richtet, werdet ihr gerichtet werden und mit dem Maß, mit dem ihr messet, wird euch gemessen werden.- aus Matthäus". Diese Worte konnte er seinem Text zufügen, dachte er, als das Telefon ihn wieder mit scharfem Klingelton aufschreckte.

Als er den Hörer abhob, kam der am anderen Ende der Leitung sprechende Mann gleich zur Sache:

„Ich bin es wieder, Herr Fitz, nehme an oder hoffe, Sie haben keine Polizei eingeschaltet".

Jakob beteuerte, dass er das nicht vorhabe.

„Klug von Ihnen, denn ich würde Ihnen gerne die 60.000 Schilling Prämie schenken, wenn wir uns zu einer Lösung durchfinden können. Sie wissen sicher, dass eine Prämie in der Höhe ausgesetzt ist, aber selbst wenn Sie jetzt der Polizei melden würden, dass Sie mit mir gesprochen haben, kennen Sie mich nicht".

Wie recht der Anrufer hatte!

„Wissen Sie, lieber Herr Pfarrer, ich habe in größter Not gehandelt, es ging um meine Existenz und ich hätte auch nie Gewalt angewendet bei dem Überfall, es war keine Patrone in der Pistole, das können Sie mir glauben, ich weiß, es klingt dies wie eine Beichte, soll es auch sein".

„Wie stellen Sie sich das vor? Ich soll Ihnen die Sünden nachlassen, das kann ich nicht",

der andere daraufhin:

„Das will ich auch gar nicht von Ihnen verlangen, denn das können Sie sowieso nicht, auch nicht im Beichtstuhl, das muss ich selbst aushandeln und bereuen".

Wie recht er doch hatte.

„Bereuen Sie denn wenigstens was Sie getan haben?"

fragte Pfarrer Fitz und bekam darauf die Antwort, dass er das nicht bereuen könne, es ihm nur leid täte, dass er die zwei Bankleute so erschreckt hatte.

„Wie können wir verbleiben mit der Geldübergabe?"

erkundigte sich der Unbekannte, und Jakob schlug vor, dass es am einfachsten wäre, wenn er ins Pfarrhaus käme und die Tasche persönlich in Empfang nehmen könne, was der Fremde wiederum ausschlug.

„Besser ist, Sie kennen mich nicht".

„Dann wäre die zweite Möglichkeit, Sie vertrauen mir, ich gebe die Tasche wieder in den Beichtstuhl und Sie holen sie von dort ab".

Das war eine Lösung.

„Und wann, würden Sie vorschlagen?"

sprach die Stimme am Telefon.

„Ich meine, dass der kommende Montag der günstigste Zeitpunkt wäre, so zwischen acht und neun Uhr, nach der Frühmesse für die Schulkinder, denn da ist die Kirche immer leer. Bis dahin behalte ich die Tasche bei mir im Pfarrhaus zurück, die 60.000 nehme ich von der Summe weg, mit Ihrem Einverständnis, und ich gebe Ihnen mein Ehrenwort als Priester, dass ich keine Polizei einschalten werde. Sollte man Sie je fassen, ich weiß von nichts".

Der Andere war mit dieser Lösung einverstanden und bedankte sich bei Herrn Fitz mit den Worten:

„Bitte keine Polizei, ich habe in größter Not gehandelt und werde am Montag die Tasche mit Inhalt aus dem Beichtstuhl holen".

Als er das Telefonhäuschen verließ, pfiff er vor sich hin, ein leichter Wind brachte ein wenig Abkühlung und seine Haare flogen im Wind ganz unordentlich in alle Richtungen. Der kurze Weg war ganz schnell zurückgelegt und er war sehr froh, dass er das Gespräch so gut beendet hatte. Dem kann ich vertrauen, dachte er, ein Ehrenwort eines Pfarrers das war schon was wert, außerdem durfte dieser ja auch Geld für sich behalten, was er ihm gerne abtrat. Ab Montag werden die Sorgen ein Ende haben, denn mit einer halben Million, kann nichts mehr schief laufen. Seine Frau wartete schon auf ihn mit der Frage:

„Wo bleibst Du denn so lange, das muss wohl für Dich sehr wichtig gewesen sein?"

Er errötete und beteuerte, dass es jetzt wieder bergauf gehen würde, denn zwei Firmen hätten für ihn Großaufträge,

„mit denen verdiene ich fast so viel, wie in einem halben Jahr".

„Ich freu mich für uns",

gab seine Frau zurück, denn wenn es so gut laufen würde wären sie die Sorgen mit dem Geldinstitut bald los.

„Denen kann ich dann die ganzen Forderungen zahlen",

meinte er.

„Ich hab eine Flasche vom Müller-Thurgau kalt gestellt, den trinken wir heute nach dem Essen, zur Feier des Tages",

freute sich Hadwig und ging noch schnell ins Badezimmer, mit den Worten, dass sie sich hübsch machen wolle für ihn.

„Heute lassen wir es krachen",

lachte Heinz.

Adolf fühlte sich nicht mehr wohl, in seiner Nachbarschaft hatte sich herumgesprochen, dass er von der Polizei abgeführt worden sei, und man munkelte, der ist ein Bankräuber. Ilse, seine Frau, traute sich kaum mehr aus dem Haus und ging nur mehr einkaufen, wenn nichts Essbares mehr im Kühlschrank oder Vorratsschrank war. Die Greißlerin im Gemischtwarenladen jammerte mit wehleidiger Stimme, wie leid es ihr tue, dass ihr, der Frau Gunz, so was passieren musste, ihr Mann womöglich ein Bankräuber.

„Jetzt hören Sie doch endlich auf mit dem falschen Getue",

keifte Ilse

„mein Mann ist kein Bankräuber, die ganze Angelegenheit wird sich ganz schnell aufklären".

„Ich hoff es doch für Sie und den kleinen Michi",

heuchelte die Greißlerin. Wenn Ilse aus dem Haus musste und den kleinen rundlichen Michi in den Kindergarten brachte, wurde sie von den Nachbarn auf der Straße entweder mitleidig angesehen oder gar nicht gegrüßt. Das kränkte sie. So waren die Leute in diesem Kaff, dachte sie. Die wissen nicht einmal, ob mein Mann nur verdächtigt wird oder die Tat wirklich begangen hat, aber schon wird abgeurteilt. Dabei konnten doch alle sehen, dass es ihnen an nichts fehlte und ihr Mann als Oberbuchhalter der Großmolkerei Dornbach gut verdienen musste. Immer wenn sie ihren Sohn, den kleinen Michi, vom Kindergarten abholte, verkündete der, wie lieb die Tanten zu ihm wären. Selbst die dummen Gänse haben Mitleid mit dem Kleinen, dachte Ilse. Etwas störte sie trotzdem ungemein, als der Kleine fragte:

„Mama wieso spielen die Kinder im Kindergarten nicht mehr mit mir?".

Rolf, der Hund, war der einzige treu ergebene Anhänger und Spielgefährte ihres Sohnes, der keine Falschheit an den Tag legte und auch sein Herrchen mit lautem Gebell begrüßte, als dieser zur Mittagszeit wieder zu Hause eintraf, nachdem seine Unschuld bewiesen war.

Er blieb trotzdem noch lange das Stadtgespräch und musste Fragen der Mitbürger beantworten, denn die wollten wissen, weshalb er verdächtigt worden sei. Adolf wiederum hatte keine Antwort parat, es konnte doch nicht sein, dass die Tasche mit den zwei auffallenden Henkelgriffen der Grund dafür gewesen war. Einen hatte er für dies Debakel schon im Verdacht, hatte ihm doch seine Frau erzählt, mit welch starrem Blick der Briefträger auf die Tasche gestiert hatte.

„Heute fange ich später zum Arbeiten in der Molkerei an und werde versuchen, den Hämmerle zu stellen, vielleicht, wenn ich ihn in die Mangel nehme, verrät er sich".

Es schmerzte ihn auch in die Arbeit zu gehen, weil er genau wusste, dass er dort zu vielen Fragen Stellung beziehen musste, um glaubhaft rüber zu bringen, dass er mit dem Bankraub nichts am Hut habe.

Hämmerle hatte in Erfahrung gebracht, was er mit seiner Anzeige beim Kommissar Jabornig angerichtet hatte. Dass seine Anzeige solche Ausmaße angenommen hatte und das Gerede in der Gartenstraße und Umgebung, bis hin zum Kindergarten, ausufern würde, war er sich nicht bewusst gewesen. Weshalb musste denn die Polizei gleich mit Blaulicht und Sirene bei Herrn Gunz vorfahren, das hätte man doch auch leiser und unauffälliger machen können. Was, wenn der Gunz darauf bestand, zu erfahren, wer das Schwein gewesen war, das die Anzeige gegen ihn erstattet hatte. Herr Jabornig hatte zwar versprochen, dass keine Namen genannt würden, aber konnte er dem trauen? Ausgerechnet heute war Post dabei, die auf den Namen Ilse und Adolf Gunz adressiert war. Am liebsten hätte er den Brief zurückgelegt und ein paar Tage gewartet, bis Gras über die Sache gewachsen wäre, leider war es ein Einschreiben von einem Amt, und da war es zu riskant, den Brief liegen zu lassen. Als er mit seinem Fahrrad die mit Schlaglöchern übersäte Gartenstraße an alten Bauernhäusern mit angebauten Scheunen hinunter fuhr, sah er schon das auffallend schmucke Haus mit Vorgarten. Hier musste er den Brief abgeben und bestätigen lassen. So ein Pech! Vor dem Schäferhund der Familie Gunz hatte er schon immer Angst gehabt, wie allgemein vor Hunden, aber dieses mal fürchtete er sich noch mehr vor der Frau Gunz, denn er nahm nicht an, dass der Hausherr persönlich um diese Zeit noch anzutreffen wäre. Jetzt hatte er die Nummer sechs erreicht, stellte sein Fahrrad an den Gartenzaun, betrachtete die schönen Blumenbeete die in gelb und rot leuchteten und wollte gerade den Klingelknopf drücken, als Rolf schon zum Gartentor gerannt kam, am Zaun immer wieder hochsprang und versuchte, den Besitz seines Herrn zu schützen. Es blieb Hämmerle nichts anderes übrig, als einen Schritt nach rückwärts zu machen und schon war er mit einem Fuß in Hundescheiße getreten. Nicht einmal dazu waren diese Hundebesitzer fähig, wenigstens die Bürgersteige sauber zu halten. Als er den Blick von seinem Schuh wieder auf die Haustür richtete, wurde sie geöffnet und Herr Gunz trat heraus.

Der Blick und die eingenommene straffe Haltung des Gegenübers an der Haustür sahen nicht nach kommender Liebkosung aus:

„Auf Sie hab ich gewartet!"

dröhnte die etwas zu laut geratene Stimme.

„kommen Sie ruhig herein, der Hund beißt Sie schon nicht, der bellt für sein Leben gern".

Dann surrte es an der Vorgartentür und das Tor ließ sich ganz leicht öffnen.

„Könnten Sie bitte den Rolf zurückrufen! Wenn ich das Gartentor aufmache, springt das Ungeheuer mich doch sofort an, ich fürchte mich vor Hunden", und darauf kam wie aus der Pistole geschossen:

„Und ich fürchte mich vor Leuten, die einem grundlos anzeigen, Rolf komm!".

Auf Befehl machte der Kläffer kehrt und sprang auf sein Herr-chen zu, dort kam der Befehl

„Platz!"

Und Herr Hämmerle wagte sich dem Haus zu nähern.

Aus seiner großen schwarzen Tasche nahm er den Brief, dazu das Formular mit dem Abgabeschein, ließ Herrn Gunz den Erhalt bestätigen und wollte den mit Steinplatten belegten Vorgarten verlassen, als ihn Herr Gunz am Ärmel festhielt und wetterte:

„Haben Sie mir nichts zu sagen?",

worauf Hämmerle eine gekrümmte Haltung einnahm, die Ge-sichtsfarbe ganz hell bis fast weiß wurde und er druckste:

„Ich wüsste nicht, was. Den Brief haben Sie ja erhalten und be-stätigt, das war meine Aufgabe".

„Meine Frau hat mir erzählt, dass Sie so gierig auf die im Wohn-zimmer gelegene Tasche geschaut haben, dass Ilse das Gefühl hatte, Sie könnten glauben, dass ich der Bankräuber sei, Sie er-innern sich?"

Jetzt musste Herr Hämmerle gut aufpassen, dass er nicht in eine Falle geriet, der Gunz war schlau.

„Herr Gunz, Sie glauben doch nicht wirklich, dass ich Sie bei der Polizei angezeigt habe, solche Taschen gibt es viele, das ist ja nur ein Gebrauchsgegenstand und kein Indiz".

Wie recht er doch hatte.

„Glauben Sie mir, Herr Hämmerle, ich kriege das noch heraus, wer mich angezeigt hat, darauf können Sie Gift nehmen. Ich kenne da einen Polizisten auf der Wache, der mir noch eine Gefälligkeit schuldig ist. Diese Schande, die man uns angetan hat! Hier in der Straße meidet man uns fast, diese Schande lass ich nicht ungestraft sein".

„Ich wünsche Ihnen viel Glück bei der Auffindung des Anzeigers, ich glaube aber nicht, dass Ihnen der Name genannt wird. Das ist ja schließlich versprochen worden".

„Woher wollen Sie denn wissen, dass man einem versprochen hat, keinen Namen bekannt zu geben?"

Da hatte er jetzt doch was Blödes von sich gegeben, dachte Hämmerle und verteidigte sich, dass man das ja in der Zeitung ‚Vorarlberger Alpenblick' habe lesen können, und mit einem

„ich muss jetzt weiter, bin mit Austragen der Post noch nicht fertig, halten Sie doch bitte den Hund zurück, bis ich das Gartentor geschlossen habe"

verabschiedete er sich. Bis jetzt war alles noch gut verlaufen, dachte er, als er auf der holprigen Straße, auf seinem Fahrrad sitzend, fest in die Pedale tretend davon fuhr. Die Bauern hier mit ihren Fuhrwerken machten doch nur die Straßen kaputt, denen müsste man eine Pferdesteuer auferlegen.

Immer, wenn er Schwierigkeiten gehabt hatte, ob er richtig handle oder gehandelt habe, suchte Jakob seine Eltern auf und holte bei ihnen Rat ein. Beide hatten große Lebenserfahrung, vieles erlebt, von der französischen Besatzung bis hin zum Auszug in die Waschküche, was er selbst allerdings in nicht so schlechter Erinnerung hatte. Seine Mutter redete immer wieder davon, wie die Franzosen in der Wohnung gehaust hätten, natürlich wären nicht alle von den Eingenisteten so gewesen. Ihr war es immer um die schönen Möbelstücke gegangen, den Tisch aus Kaukasisch Nuss und das dazu passende Buffet:

„Die Spuren kann man heute noch erkennen, zwanzig Jahre danach".

Es stimmte sogar, denn auf der Tischplatte waren Schnittmuster für Kleidungsstücke angerädelt worden, ohne eine Unterlage zu benutzen. Jakob konnte sich noch gut daran erinnern, wie seine Eltern ihn immer wieder in die besetzte Wohnung hoch geschickt hatten, um mit dem Jungen der französischen Familie zu spielen:

„Schau dich ein bisschen um, wie es aussieht",

forderte seine Mutter dann immer. Jakob ging gerne in die Wohnung, denn die französischen Frauen waren meist sehr jung und hübsch und rannten in der Wohnung meist halb nackt herum.

Nun aber wollte er sich mit seinem Vater unterhalten und die Meinung von ihm wissen, ob er so richtig handle. Er wollte ihm die Geschichte erzählen, wie er heute angerufen wurde, wie er das viele Geld gefunden habe, das vom Bankraub stammte und im Beichtstuhl lag und ob er richtig gehandelt habe, indem er für sich die Prämie und die Schweizer Franken behielt, ohne der Polizei einen Tipp zu geben. Als er mit seinem Gerede anfing, läutete die Klingel, und sein Bruder Hans stand vor der Haustür. Jetzt konnte er nicht weiter machen, denn diese Geschichte war nur für seine Eltern bestimmt.

Hans wohnte auch nicht weit entfernt von seinem Elternhaus, hatte eine gute Anstellung bei der Krankenkasse und ein gutes Verhältnis zu seinem Bruder.

„Jaki, über deinen Lebenswandel wird sogar bei uns in Auen schon gesprochen, ich glaube es wird Zeit, dass du ein bisschen vorsichtiger wirst",

gab er zu bedenken. Jakob schaute seinen Bruder an:

„Deshalb bin ich ja hier, ich wollte den Rat meiner Eltern hören, was ich aus diesem Leben machen soll. Ich kann von meiner Freundin, der Lisa, nicht lassen und sie nicht von mir. Wir lieben uns".

Das war eine schwierige Situation, dachten alle Beteiligten, und nach längerem Debattieren kamen sie alle zu dem Ergebnis, dass ihm, Jakob, wohl nichts anderes übrig bleiben würde, als den Priesterberuf an den Nagel zu hängen.

„Du wirst mit Bischof Körner sprechen müssen, der ist ja für dich zuständig, ihm wird nichts anderes übrig bleiben als dich aus dem priesterlichen Dienst zu entlassen, vielleicht kannst du deine seelsorgerische Tätigkeit trotzdem fortsetzen",

äußerte sein Vater.

„Jakob, so kannst du nicht weitermachen, das macht dich kaputt",

mischte sich seine Mutter ein, und sein Bruder Hans fügte hinzu, dass ein Wechsel der Tätigkeit und ein Neuanfang wohl für „euch beide" das Beste wäre, vielleicht in einer anderen Stadt, auf keinen Fall in Dornbach.

Heute war es spät geworden, er war trotzdem sehr dankbar für die Ratschläge und dass man ihm keine Vorwürfe gemacht hatte, betreffs seines Lebenswandels. Dazu gab es auch keinen Grund, denn was konnte er dafür, dass er sich so verliebt hatte. Vielleicht ist es sogar ein Fingerzeig Gottes, dass er mir so viel Geld als Ruhekissen für die Zukunft in den Beichtstuhl legen ließ, und mein wirklicher Chef da oben in der Unendlichkeit weiß längst, wie es mit uns beiden weitergehen wird. Mit seiner Geliebten hatte er sich an vielen Abenden stundenlang darüber unterhalten, wie sie es am besten anstellen sollten, um ein normales Familienleben, vielleicht mit Kindern, führen zu 'können, ohne Heimlichkeiten und Versteckspiel. Bei solchen Gesprächen waren sie beide immer wieder zu dem Schluss gekommen, dass sie Farbe bekennen müssten und er, Jakob, vom Priesteramt zurücktreten würde. Vielleicht gab es für ihn dann noch die Möglichkeit, ein Lehramt zu bekleiden und seelsorgerische Tätigkeiten auszuüben.

„Ich müsste ein Gespräch mit dem zuständigen Bischof Körner in Innsbruck führen, und dann würden mir die Möglichkeiten, die ich habe, aufgezählt werden. Versetzung ist zu wenig, da geht die ganze Heimlichkeit wieder von vorne los, Mission in Afrika, eine sehr interessante Aufgabe, mit den Negern gemeinsam die Messe zu zelebrieren und sie von ihren Ritualen abzubringen, aber so weit weg von unserer Kultur und Heimat? Nächste Woche werde ich versuchen, einen Termin bei Bischof Körner zu bekommen, er weiß von meinen Schwächen und ist ein Mann mit viel Verständnis, zuvor werde ich mich auch noch mit Pfarrer Wieser unterhalten, der freut sich immer, wenn ich bei ihm im Altenheim erscheine".

Nun war er auf dem Nachhauseweg, es war bereits dunkel, vereinzelt glitzerten Sterne und wenige Menschen waren unterwegs, vereinzelt fuhr ein Auto an ihm vorbei, in den Gasthäusern war viel los – das sah man sogar von außen – und vor dem Kino waren ein paar Fahrzeuge abgestellt und noch mehr Fahrräder, auf dem Plakat davor stand die Ankündigung des Filmes, der gerade gespielt wurde ‚Der Förster vom Silberwald' mit Rudolf Prack und Sonja Ziemann in den Hauptrollen. Die Schaufenster der Marktstraße waren noch voll erleuchtet und vor einem Radiogeschäft drückten sich mehrere Personen die Nasen platt, denn in der Auslage war ein Fernseher ausgestellt, der gerade eine Revue ausstrahlte, mit hübschen Tänzerinnen, die die Beine hoch schwangen. Das Bild glich einer Winterlandschaft in schwarzweiß, denn es sah so aus als ob es schneite, dachte er als er einen kurzen Blick beim Vorbeigehen darauf warf.

Jetzt war Jakob im Pfarrhaus angekommen, legte sein Sakko ab, ging zum Kleiderschrank, griff in die Innentaschen seines dunklen Anzuges und vergewisserte sich, dass die zwei Kuverts noch da waren. Dann setzte er sich an den Schreibtisch, schlug die Bibel auf, schrieb Texte, die er sich für den nächsten Tag ausgesucht hatte, auf ein Blatt Papier. Die Tasche mit den Henkeln neben seinem Schreibtisch am Boden ließ er stehen. Da, wo sie stand, störte sie nicht, die konnte bis Montag früh dort bleiben, für jeden unauffällig sichtbar.

Nach längerem Nachdenken kam er zu dem Schluss, dass es sinnvoll wäre, an Bischof Körner zu schreiben und ihn zu bitten, ihn vom Dienst zu suspendieren. Er würde ihm schreiben, dass er keinen anderen Ausweg sehe, als diesen Schritt zu gehen, da seine große Liehe und er dem Druck und Gerede nicht mehr gewachsen wären und sie beide entschlossen wären, den weltlichen Weg einzuschlagen. Familie gründen, Kinder kriegen und öffentlich zu zweit aufzutreten, ohne Gerede. Dann setzte er sich an die Schreibmaschine und schrieb dies alles, wie jetzt durchdacht, nieder, bat um ein persönliches Gespräch und vergaß nicht, noch zu erwähnen, dass er morgen beim Hochamt seine Gemeinde von dem, was er vorhatte, informieren wolle, da sein Entschluss feststehe. Nachdem er diese Zeilen geschrieben hatte nahm er ein Kuvert steckte das Blatt Papier gefaltet hinein, klebte zu und adressierte das Schreiben an das Bistum in Innsbruck. Er wollte den Brief heute noch loswerden, deshalb zog er sich noch mal kurz an, lief die paar Schritte zum Briefkasten, warf den Brief ein und ging zurück ins Pfarrhaus.

Seiner ‚Tantan', mit der er sich auch schon öfter über seine Sorgen unterhalten hatte, würde er morgen, wenn sie für ihn wieder ins Pfarrhaus kommt, sagen, dass er nach Innsbruck geschrieben habe. Sie hatte immer volles Verständnis für sein Tun. Mit Lisa hatte er seinen Plan die letzten Tage immer wieder durchgesprochen und sie war auch der Meinung, er solle die Kirchengemeinde informieren, denn selbst ihr Umzug vom Oberen

Dorf hinunter machte vor dem Tratsch keinen Halt, die Blicke trafen sie ganz hart und taten weh, für das menschlichste aller Dinge, die Liebe.

Lisa wollte vom Oberen Dorf weg ziehen, einfach ihrem früheren Freund nicht mehr begegnen. Dies ließ sich, so lange sie dort wohnte, nicht vermeiden. Er bestrafte sie mit bösen Blicken, und wenn er ganz schlecht drauf war, beschimpfte er sie sogar mit „Du Schlampe!" Dagegen konnte sie sich nicht wehren und so hörte sie sich bei Bekannten und Freundinnen um, vielleicht wussten die, wo eine Mietwohnung im anderen Teil der Stadt zu beziehen war.

Nun hatte sie in einem alten schönen mit Schindeln bedeckten Haus eine Wohnung für sich gefunden und war dort eingezogen, weit weg im unteren Teil von Dornbach, im Dorf. Es war eine ruhige Gegend mit Blick auf die Berge. Sieben Häuser standen an der Straße und am Ende ein großer Brunnen, der für die Rindviecher der Bauern als Tränke benutzt wurde. Hier ließ sich gut wohnen, denn man kannte Lisa nicht und wusste sicher auch nichts von ihrem Verhältnis zu Pfarrer Jakob. Das Haus, in dem sie wohnte, war eine knappe halbe Gehstunde vom Pfarrhaus Sankt Martin entfernt, weit genug, um der Gerüchteküche auszuweichen.

Bevor sie den Schritt zur Selbstständigkeit gewagt hatte, gab es auch genug Diskussionen innerhalb ihrer Familie, die das Tun ihrer Tochter nicht gut hießen. Wenn ihr Vater sich darüber aufregte, beruhigte die Mutter immer:

„reg dich ab, was soll sie machen, wenn sie in Jakob so verliebt ist".

Sie hatte mehr Verständnis für ihre Tochter.

Ihr Auskommen hatte Lisa ja schon längst, denn nach dem Abschluss der Handelsschule in Dornbach hatte sie sich um die ausgeschriebene Stelle einer Bürokraft bei einem hiesigen Rechtsanwalt beworben. Der, ein netter Mittfünfziger stellte sie gleich nach einem persönlichen Gespräch in seiner Kanzlei ein. Es gefiel ihr bei ihm recht gut, denn er gab ihr viel Freiheit und wurde nie aufdringlich. Aufdringliche Burschen hatte sie schon einige gekannt, und ihre Jungfräulichkeit hatte sie schon vor der Verbindung mit Manfred Pröll verloren.

Es war aber auch schwer, immer standhaft zu bleiben, bei so vielen jungen Männern, die immer um sie warben: Lisa war hübsch.

Das Verhältnis zu Jakob war ein ganz anderes, zuerst reizte sie, dass er Pfarrer war und im Zölibat lebte. Da wollte sie doch sehen, wie standhaft er war. Je mehr sie sich an ihn heran wagte, desto verliebter wurde sie in ihn, und zum Schluss, als sie mit ihm geschlafen hatte, konnte sie von ihm und er von ihr nicht mehr lassen. Sie waren bis über beide Ohren ineinander verliebt. Die Probleme wurden immer größer, der Tratsch auch und die Liebe hielt an. Es gab viele Abende, an denen sie Gespräche führten, wie sie in Zukunft leben könnten und dabei kamen beide immer wieder auf dieselbe Schlussfolgerung, dass er den Priester an den Nagel hängen müsse. Irgendwie würden sie es dann schon schaffen. Eine Familie wollten sie auch gründen und heiraten, wenn auch ohne kirchlichen Segen, dann wenigstens standesamtlich. Ein Weg, um frei und glücklich zu sein, würde sich schon finden.

Gegenüber vom Haus, in dem jetzt Lisa seit ein paar Wochen wohnte, waren zwei ältere Frauen ansässig. Es war ein altes dunkles Holzhaus, mit Schindeln bedeckt, eine angebaute Scheune ließ darauf schließen, dass früher Landwirtschaft betrieben wurde. Den Eingang bildete ein von einem alten Rebstock umranktes Tor und die Äste der Reben wuchsen entlang der oberen Fensterreihe. Es sah schön aus, wenn die grünen Blätter mit den reifenden Trauben daran das Haus zierten.

Die Jüngere der zwei Frauen, war die Lina, sie war wie ihre ältere Schwester unverheiratet geblieben, hatte zwar in jungen Jahren mal ein Verhältnis und war verlobt, wurde dann von ihrem Freund betrogen und von dem Tag an hatte Lina von den Männern genug.

Klara wiederum hatte sich nie in einen Mann verliebt, blieb bis zum heutigen Tag jungfräulich und war sogar stolz darauf, das Gefühl der sexuellen Lust nie verspürt zu haben. Jetzt war es sowieso zu spät, und sie hatte sich in ihrem Beruf als Filialleiterin des Konsumgeschäftes in Dornbach Dorf ein bescheidenes, aber glückliches Leben aufgebaut.

Lina hatte eine musikalische Ausbildung in der Musikschule in Dornbach erhalten und dabei Zither gelernt. Das Instrument spielte sie vorzüglich und sie übte jeden Tag so fleißig, dass sie es zu einer Virtuosität brachte, die sich im Dorf herumgesprochen hatte. Dies wiederum hörten ein paar Rundfunkleute und luden sie zu einem Vorspielen in den Rundfunk Dornbach ein. Nach einem längeren Gespräch mit den Verantwortlichen wurde eine Nachmittagssendung mit von ihr gespielter Zithermusik ausgestrahlt. Ihr Name war sofort in aller Munde, und jede Dornbacher Familie schickte ihre Zither spielende Tochter zu Lina, um dort weiter am Spiel zu lernen. Nun hatte Lina fast den ganzen Tag zu tun und war eine ausgelastete Zitherlehrerin.

Beide Frauen hatten noch eine kleine Rente aus früheren Zeiten, als ihre Eltern noch gelebt hatten und sie in der Landwirtschaft fleißig mithelfen mussten. Nun konnten sie gut und glücklich ohne Männer leben. Für Reisen brauchten sie wenig Geld, denn weiter als bis zum Bodensee waren sie noch nie gekommen, waren aber trotzdem zufrieden. Lieber gingen sie, wenn es anfing langsam zu dämmern, einen Spaziergang machen, hinunter ins Ried, wo sie beide ein paar Wiesen mit Obstbäumen besaßen.

Als die Sonne langsam verschwand und die Nacht die Herrschaft übernahm, ging Jakob gemütlich und frohen Muts ins Untere Dorf, um seine Lisa zu besuchen. Es gab viel zu besprechen, denn was sie beide vorhatten, war ein steiniger Weg, wie er sich immer ausdrückte. „Wir werden nicht stolpern auf diesem steinigen Weg, denn wir lieben uns",

meinte Lisa voller Hoffnung. Das war Trost und Balsam auf seiner Seele und gab ihm Mut, diesen Weg zu gehen.

Als er bei ihrem Haus ankam, hatte sie schon unter der Eingangstür gewartet und ihn mit Küssen und Umarmungen empfangen. Sie ahnte nicht, dass hinter verschlossenen Vorhängen im dunklen Zimmer, untermalt von Opernmusik, sie beide von vier Augen lustvoll beobachtet wurden.

Heinz Walther hatte von Samstag auf Sonntag schlecht und unruhig geschlafen. Er wachte schweißgebadet auf, hatte furchtbare Träume gehabt. Er hatte geträumt, dass er, nachdem er einen Banküberfall begangen hatte, von hunderten Polizisten und beißenden Hunden umzingelt war. Er wurde zum Aufgeben gezwungen, rannte weiter vor verfolgenden Polizisten davon, dann stand er plötzlich vor einer Betonwand von unendlicher Höhe, wo es kein Hinüberklettern gab und musste sich ergeben. Hadwig konnte sein Jammern während des Schlafes nicht mehr mit anhören, weckte ihn und nachdem er aufgewacht war, redete sie auf ihn ein, denn sein Traum war so intensiv gewesen, dass er im Wachzustand sich davon nicht ganz befreien konnte. Hadwig war besorgt:

„Was war denn mit dir los, du hast geredet im Traum und Schreie von dir gegeben".

Heinz erwiderte, er wäre im Traum verfolgt worden:

„ich glaube, ich hab eine Bank überfallen, natürlich nur in diesem Traum".

Sie darauf:

„Das kommt davon, weil heute und gestern darüber berichtet wurde und das auch in der Zeitung zu lesen war".

Er nickte schlaftrunken und meinte, er müsse jetzt einen neuen frischen Schlafanzug anziehen, der, den er anhabe, sei nass geschwitzt. Dann machte seine Frau im Schlafzimmer das Licht an, und Heinz zog frische Klamotten an, legte sich wieder ins Bett, da er glaubte, jetzt wieder schlafen zu können ohne zu träumen. Sie wünschte ihrem Mann eine gute Nacht und beide versuchten nach dieser Unterbrechung, wieder zu schlafen. Er sinnierte vor sich hin, überlegte, was für eine Schande er über die Familie gebracht hätte, wenn der Überfall nicht geglückt wäre. Bis zum jetzigen Zeitpunkt war ja alles gut verlaufen, hoffentlich wird es so bleiben, der Pfarrer wird Wort halten? Seine Gedanken ließen ihn nicht einschlafen, er war immer noch total beunruhigt. Dann dachte er, wenn ich das Geld haben werde, wie zahle ich an die Bank meine ausstehenden Forderungen, nach Möglichkeit in zwei Raten, dass kein Misstrauen entsteht. Wie werde ich erklären woher ich das Geld jetzt auf einmal habe? Über solchen Gedanken grübelnd konnte Heinz nicht mehr richtig einschlafen, bis der Morgen anbrach.

Dreißig Kilometer entfernt von seinem Wohnort wälzte sich ein junger Mann von schmächtiger Statur auch in seinem Bett, hatte auch Albträume. Er träumte von einem Banküberfall, hatte eine Pistole auf sich gerichtet und wurde, nachdem er den vor ihm stehenden Räuber auf Knien gebeten hatte, ihm nichts zu tun, trotzdem gnadenlos erschossen. Als er auf den Boden fiel, erwachte er und war glücklich, dass es nur ein Traum war und nicht Wirklichkeit. Auch dieser junge Mann konnte jetzt nicht mehr einschlafen und grübelte, dann kam er zu dem Entschluss, wenn es nicht besser würde, müsse er wohl oder übel einen Psychologen aufsuchen. Als er dann eingeschlafen war und nach ein paar wertvollen Stunden aufwachte, schien die Sonnte und ein wunderschöner Tag brach an. Heute werde ich meine Freundin anrufen und wenn es ihre Zeit erlaubt, machen wir eine Fahrradtour nach Fraxern zu den Kirschbauern. Das wird mir weiterhelfen, das vorgestrige Ereignis etwas wegzudrängen.

Heinz hatte nach dem Frühstück mit seiner Familie genau denselben Einfall und schlug vor:

„Kinder heute fahren wir mit dem Auto nach Fraxern, die Kirschen sind reif, und wir machen dort einen schönen Ausflug auf die Hohe Kugel und kaufen Kirschen".

Der Vorschlag wurde von der Familie freudig aufgenommen. Mit ihrem Auto brauchten sie eine halbe Stunde bis sie den Ort Klaus erreicht hatten, danach ging es die Montfortstraße entlang in die Haldenstraße. Diese war kurvenreich und hatte eine ordentliche Steigung vorzuweisen, so dass Heinz mit seinem Volkswagen ständig am Schalten war, bis er endlich die Dorfstraße von Fraxern erreichte. Die ganze Fahrt von dem Ort Klaus his nach Fraxern war wunderschön, denn die schönen grünen Wiesen mit den unzähligen Kirschbäumen zierten die nach oben führende Straße. An den Bäumen waren Leitern aufgestellt, Männer mit Körben turnten auf den mit roten Früchten prall gefüllten Bäumen herum und pflückten Kirschen. Viele Vorarlberger hatten an diesem Sonntag bei dem herrlichen Wetter einen Ausflug nach Fraxern gemacht, denn man konnte hier herrliche

Ausflüge auf die Hohe Kugel machen und gleichzeitig zum Abschluss des Sonntagsausfluges Kirschen kaufen, direkt vom Baum weg.

Als Heinz mit seiner Familie das Dorfgasthaus ‚Krone' erreicht hatte, stellte er seinen Wagen am Parkplatz vor dem Gasthof ab.

„Jetzt können wir uns noch ein wenig die Füße vertreten und dann lade ich euch zum Mittagessen in die Krone ein".

Sie liefen die Straße entlang und kamen zu der Pfarrkirche zum heiligen Jakobus, als Hadwig vorschlug:

„Es könnte uns auch nicht schaden, wenn wir mal die Kirche besuchen, bevor wir in die ‚Krone' gehen",

das war ein netter Vorschlag, denn die Kirche war eine Besichtigung wert. Sie knieten nieder, und Heinz bat in Gedanken den lieben Gott, dass morgen alles gut verlaufen möge, er werde mit dem Geld nicht nur seine Schulden bezahlen können, sondern auch so viel Gutes tun, es gäbe ja genug arme Menschen, denen wolle er dann auch was zustecken. Diese Gemeinde war ein wirklich schöner Flecken in ihrer von Bergen und Hügeln eingerahmten Landschaft. Die ‚Krone' war gut besucht, und sie bekamen mit Mühe noch einen freien Tisch in der Nähe des Eingangs zugewiesen.

Peter und seine Freundin hatten schon zwanzig Kilometer in den Beinen, als sie sich die Haldenstraße mit ihren Fahrrädern hoch quälten. Die Steigung machte ihnen schon schön zu schaffen, und sie waren froh, endlich das Gasthaus Krone in der Dorfstraße erreicht zu haben.

„Geschafft!"

meinte er, als er vom Sattel stieg und sie ihre Fahrräder abstellten und absperrten.

„Geht es dir auch so wie mir, ich habe Hunger und Durst",

sie betraten das Gasthaus.

Die Kellnerin, eine füllige Person, kam an Walthers Tisch und nahm die Bestellung entgegen:

„Zweimal Frastanzer Bier und zweimal Fanta Limonade".

„wissen Sie schon was Sie essen wollen?"

fragte sie freundlich.

„Bringen Sie uns mal das, wir überlegen noch".

Sie nickte und meinte,

„den Schweinebraten kann ich empfehlen"

und verschwand...

Die Familie Walther studiert die Speisekarte und als Heinz gerade dabei war, seiner Frau zu sagen was er vielleicht bestellen werde, ging die Eingangstür auf und ein junger schmächtiger Mann mit Freundin betrat die Gasthausstube. Heinz hatte gerade noch die Möglichkeit die Karte vor sein Gesicht zu halten, sonst hätte er seinem Gegenüber fast ins Gesicht sehen müssen. Dieser wiederum schaute sich um, sah einen Tisch am Ende des Raumes und ging zielstrebig darauf zu. Das war vielleicht ein Glück, dachte Heinz. Konnte man denn nirgends vor einer Verfolgung sicher sein! Die Wirtin kam und stellte die Getränke ab, und die Familie bestellte zweimal Bauernschmaus und zwei Wiener Schnitzel, denn:

„Was einem empfohlen wird sollte man nicht essen, das ist meist nicht mehr frisch und muss aufgebraucht werden", dozierte er. Ein paar Mal wagte Heinz den Blick an den abseits gelegenen Tisch, fand aber nichts Ungewöhnliches im Benehmen des jungen Mannes. Er konnte ihn ja nicht gesehen haben. Seiner Frau fiel sein von Nervosität geprägtes Verhalten auf und sie fragte:

„Was ist mit dir, du kommst mir plötzlich so nervös vor".

Er verneinte und führte die Unterhaltung fort, wenn auch etwas mühsam und stockend. Als sie gegessen hatten, bezahlte Herr Walther und sie verließen den Gastraum, um die warme Sonne draußen zu genießen.

Die Berge leuchteten geradezu vor Schönheit, und die Hohe Kugel, eine grüne von Kirschbäumen übervolle Erhöhung, lag vor ihnen. Die wollten sie jetzt nach oben wandern und sich zum Schluss mit Kirschen eindecken. Vor einzelnen Bäumen blieben sie stehen, unterhielten sich mit den Bauern über die Kilopreise, begegneten Menschen jeden Alters die Kirschen essend dahin spazierten. Auch sie würden Kirschen kaufen, denn so frisch gepflückt schmeckten die Früchte besonders gut. Als sie wieder beim Auto ankamen setzten sie sich in das Fahrzeug und fuhren ein paar Häuser vom Gasthaus weg, vor einem Haus hielten sie an, kauften einen vollen Korb frisch gepflückter Kirschen und fuhren müde aber zufrieden ins Tal hinunter nach Hause. Er hatte Glück gehabt, es hätte schlimm ausgehen können...

Morgen würde er noch ein letztes Mal auf die Probe gestellt werden, dann war es ausgestanden.

Jakob grübelte und konnte nicht einschlafen. Die Stille im Pfarrhaus tat ein Übriges dazu. Gedanken quälten ihn, wenn er an Morgen dachte, denn morgen wollte er seiner Gemeinde den Entschluss bekannt geben, den Lisa und er getroffen hatten. Wie würden die Gemeindemitglieder reagieren?

Von dem Verhältnis wussten eh schon alle längst Bescheid, selbst im jetzigen Wohnbezirk, in dem Lisa sich niedergelassen hatte, wurden sie beide misstrauisch und unfreundlich gegrüßt. Manchmal wenn er sich in der Brunnengasse aufhielt, um Lisa zu besuchen, kam es ihm schon vor wie Spießrutenlaufen. Höchste Zeit, dem ein Ende zu setzen. Er wäre ja gerne dazu bereit, seelsorgerische Tätigkeiten weiter auszuüben, wenn er die Möglichkeit eingeräumt bekäme. Vielleicht konnte man ihm in Innsbruck beim nächsten Treffen Vorschläge unterbreiten, eine Lösung für sein Problem finden. Er hoffte auf die Einsicht von seiner Eminenz, dem Bischof Körner, der hatte beim letzten Gespräch, welches er mit ihm geführt hatte, ein gewisses Verständnis gezeigt...

Unruhe plagte ihn, und er stand noch einmal auf, ging ins Arbeitszimmer und setzte sich an den Schreibtisch, dann schrieb er sich einen Text zurecht, den er morgen predigen würde. Da er vorhatte, die Anwesenden über seine Schritte zu informieren, machte er auch Notizen über den Wortlaut, der genau überlegt werden musste. Sein Blick fiel auf die Tasche, die neben seinem Schreibtisch am Boden stand, sie störte hier, so nahm er sie und stellte sie ins Vorzimmer neben der Garderobe auf den niederen Schuhschrank. Hier störte sie nicht, und am Montag würde sie sowieso aus dem Beichtstuhl geholt werden, er hätte dann mit der Sache nichts mehr zu tun. Nachdem er in der Küche einen Schlaftee gemacht und getrunken hatte, schlief er endlich ein.

Die Sonnenstrahlen, die durch die Ritzen der Fensterläden hereinschienen und das Klingeln des Weckers machten in munter. Gut gefrühstückt verließ er das Pfarrhaus kurz vor zehn Uhr, seine Ministranten warteten schon vor der Sakristei auf Einlass. Dann zog auch er sein Messgewand über, machte einen kurzen Blick ins Kircheninnere, stellte fest, dass heute trotz schöner sommerlicher Temperaturen seine Kirch gut besucht war. Auf der linken Frauenseite sah er Lisa sitzen, und rechts in der Kirche, der Abteilung der Männer, glaubte er den Pröll erblickt zu haben. Heute musste er wohl alles selber machen, denn sein nebenberuflicher Messdiener hatte Urlaub und befand sich seines Wissens in Rimini am Meer. Der hatte es gut, das wollte er mit Lisa auch machen. Nun drückte er den Knopf neben der Tür und die Glocken im Turm, der abseits der Kirche hochragte, fingen mit vollem Dreiklang zu läuten an, nun setzte die Orgel an, mit voluminösen Tönen in allen Registern bis zum hohen C, die Kirchenbesucher zu begrüßen. Er, Jakob, schritt hinter seinen Ministranten feierlich zum Altar, dabei kam er sich vor, wie ein Hauptdarsteller auf großer Bühne.

Jakob verspürte Kampfgeist, als er seine betenden Worte in Latein mit leicht singendem Ton sprach. Nun folgte der von ihm gefürchtete Augenblick, der Gang zur Verkündung des Wortes, der Gang zur Kanzel. Als er die Stufen hochstieg, überkam ihn wie immer eine Art von Lampenfieber, denn hier oben war er den Blicken aller Gläubigen vollkommen ausgeliefert. In seiner eindringlichen Predigt hielt er ihnen den Spiegel der Zeit, die Unersättlichkeit und die Gier der Menschen nach immer noch mehr vor Augen. Er sprach auch von Nächstenliebe und von Verurteilung anderer Menschen, ohne deren Hintergründe für ihr Tun zu kennen.

Als er mit seinen Worten am Ende war und mit „Amen" schloss, war eine Stille in dem großen gewölbten Kirchenschiff, die Gänsehaut erzeugte. Den Menschen den Spiegel der Zeit vorzuhalten, das konnte er. Nun blickte er in die Runde, die Menschen starrten zu ihm hoch, als er nach kurzer Pause verkündete, er müsse jetzt noch ein paar Worte in eigener Sache, die längst überfällig wären, an seine Zuhörerschaft richten. Ein Husten und Räuspern folgte seinen Worten, und leichte Unruhe kam in den vollbesetzten Kirchenbänken auf. Jetzt ließ er noch einmal seinen Blick über die Mitglieder der Gemeinde schweifen und er fing an:

„Wie ihr alle wisst, habe ich mich in eine Frau aus unserer Stadt Dornbach verliebt. Ich weiß, das sollte einem Priester nicht passieren, nun, ich bin auch nur ein Mensch wie ihr alle, und es ist passiert! Ich konnte mich dagegen nicht wehren. Diesen Druck, diese Geschwätzigkeit hinter unserem Rücken, das alles hat uns dazu bewegt, Farbe zu bekennen, um endlich dem Druck standzuhalten. Es schien uns der einzige Ausweg zu sein, das euch, liebe Gemeinde, öffentlich zu machen. Ich liebe diese Frau und sie liebt mich, und wir haben vor, zu heiraten und eine Familie zu gründen, ob mit oder ohne kirchlichen Segen".

Auf der Männerseite in ein paar Bänken waren leichte Pfiffe zu hören.

„Ich habe das Bistum in Innsbruck bereits in einem Brief über mein Vorgehen verständigt und werde hoffentlich in ein paar Tagen Antwort und eine Einladung zu einem persönlichen Gespräch erhalten. Wie Sie alle wissen, bin ich mit Leidenschaft Pfarrer und würde es auch gerne bleiben, aber der Zölibat verwehrt mir dieses Amt".

Pröll war mit dem Vorsatz in die Kirche gegangen, mit dem Jakob ein ernstes Wort zu sprechen, wenn nicht gar Gewalt auszuüben, jetzt nach des Pfarrers Worten verblassten diese Gedanken.

„Ich hoffe",

fuhr Jakob fort,

„dass ich vielleicht als Seelsorger weiterhin tätig sein kann und mir eine andere berufliche Möglichkeit angeboten wird, meinen, das heißt unseren Lebensabschnitt sinnvoll und ohne Sorgen zu gestalten. Ich danke Ihnen für Ihr Verständnis und weise auf den Bibelspruch hin: ‚wer ohne Sünde ist, der werfe den ersten Stein'".

Nach diesen letzten Worten wurde es unheimlich still, nur ganz kurz, danach fingen die Menschen in den Kirchenbänken zu applaudieren an, wie nach einer gelungenen Premiere. Der Beifall wollte nicht aufhören, obwohl dazwischen ein paar Drohungen leicht hörbar waren.

Als .die letzten Orgeltöne in der Kirche verhallt waren, strömten die Besucher miteinander redend, aus der Kirche. Pfarrer Fitz hatte deutliche Worte gesprochen, die wohlwollend aufgenommen worden waren und mit Applaus bedacht wurden. So etwas hatte es in Dornbach noch nicht gegeben, einen Pfarrer der seinen Beruf aufgeben würde, der Liebe wegen. Lisa hörte sich auf dem Kirchplatz einzelne Wortfetzen an und ging direkt nach Hause, denn am Nachmittag wollten sie sich treffen und ein wenig feiern. Feiern wegen dem Mut, den Jakob an den Tag gelegt hatte. Als sie vor ihrer Haustür stand, kamen die zwei Nachbarinnen Klara und Lina auch vom Kirchenbesuch zurück, und Lisa wurde von ihnen angesprochen und befragt, ob sie beide denn wirklich vor hätten zu heiraten und Kinder zu kriegen. Lisa bejahte dies:

„wir wollen eine 'Familie gründen und glücklich miteinander leben“.

„Da habt ihr recht“,

meinte Klara, und Lina ergänzte:

„Diese Heimlichtuerei muss einen ja kaputt machen, wir wünschen euch viel Glück für die Zukunft“.

Dann gingen sie alle drei auseinander, und Lisa dachte für sich, so übel sind die zwei ja gar nicht, wenn auch sehr geschwätzig.

Tante Anna seine Haushälterin hatte ihn verpasst, denn als er in die Sakristei hinüber ging, sperrte sie die Tür im Pfarrhaus auf. Sie war spät dran, denn sie wollte ihm heute am Sonntag ein gutes Essen zubereiten, nach dem Hochamt war er immer sehr hungrig und heute sollte es ihm besonders gut schmecken, denn was er vorgehabt hatte, erforderte viel Mut und gab danach sicher auch viel Appetit. Normalerweise kam Jakob nach dem Hochamt am Sonntag immer gleich ins Pfarrhaus, heute schien es, würde er sich verspäten, Anna konnte ja annehmen, dass er von Gemeindemitgliedern auf Grund seiner Bekanntmachung angesprochen wurde.

Als es aber weit nach zwölf Uhr Mittag war, sie schon den Tisch gedeckt und in der Wohnung Ordnung gemacht hatte, wurde sie etwas unruhig. Jaki war sonst immer pünktlich gewesen. Sie stellte noch fest, dass er vergangene Nacht wahrscheinlich nicht gut geschlafen hatte, denn eine halbvolle Tasse mit Schlaftee stand noch in der Spüle und zerknittertes Papier lag im Abfalleimer und Papierkorb. Die Tasche hatte er auch vom Boden beim Schreibtisch weggeräumt und in den Flur auf die kleine Kommode mit den Schuhen gestellt, da störte sie auch nicht.

Als es eine halbes Stunde über der Zeit war, wurde ‚Tantan' unruhig und dachte sich, jetzt muss ich nach ihm sehen, wo er so lange bleibt. Sie sperrte im Pfarrhaus die Eingangstüre zu und ging die paar Schritte über den gepflasterten Hof. in Richtung Sakristei. Dort war die Tür verschlossen und sie rief nach ihm. Keine Antwort. Nun lief sie herum an der langen Mauer der Kirche entlang und ging in das Gotteshaus hinein. Drinnen waren noch ein paar kniende Leute, ansonsten war die Kirche still und leer. Als sie zum Altar vorlief, sah sie schon die halb offene Tür zur Sakristei auf die sie zu lief und sie aufstieß. Ihr Herz blieb ihr fast stehen, da lag er! Das Priestergewand fein säuberlich auf einen Sessel gelegt. Am Kopf schien es ihr, hatte er eine blutende Wunde. Sie hatte mit so einer Situation bei Gott nicht gerechnet, bückte sich nach ihm und merkte sofort, dass er atmete.

Die paar Leute, die noch in der Kirche waren, sahen sie entsetzt hinaus laufen und wunderten sich, was denn die Ursache für Annas Verhalten wohl wäre. Im Pfarrhaus angekommen, griff sie zum Telefon und rief bei der Rettung und Polizei an, meldete den Vorfall und bekam die Antwort, dass spätestens in zehn Minuten ein Arzt zur Stelle sein werde. Tante Anna konnte noch die Töpfe vom Herd nehmen – das Essen roch schon leicht angebrannt – und die Flammen des Gasherdes ausmachen, als sie schon das Horn des Rettungsautos hörte. Sie rannte aus dem Haus, vergaß abzusperren und zeigte den zwei Männern den Ort des Geschehens. Jakob wurde vorsichtig auf eine Trage gelegt. Wie sie merkte, bewegte er sich immer noch nicht, er wurde aus der Kirche getragen, in den Rettungswagen geschoben und mit einem betäubenden Ton aus dem Martinsborn fuhr die Rettung davon ins Dornbacher Krankenhaus.

Als sie bei der Polizei anrief, meinte der diensthabende Polizist, da wäre wohl die Rettung zuständig und ob sie wohl glaube, dass ein Verbrechen vorliege, weil sie sich hier gemeldet habe, was sie verneinte.

„Gut, ich werde den Vorfall morgen meinem Vorgesetzten Herrn Jabornig sicherheitshalber melden".

Nun musste sie seine Eltern verständigen und ganz schnell auch seine zukünftige Lebensgefährtin Lisa. Sie setzte sich auf das Fahrrad, fuhr in die Brunnengasse, traf Lisa und schilderte ihr den tragischen Vorfall. Die fing sofort zu weinen an und bedeutete unter Schluchzen, dass das der Manfred gewesen sei, der habe immer gedroht. Tante Anna erwiderte, jetzt müsse man mal zuerst abwarten, was die Ärzte dazu meinten, es könne auch sein, dass Jakob einfach unglücklich gestürzt wäre und dabei dumm auf den Steinboden mit dem Kopf aufgeschlagen sei.

„Wir sollten keine voreiligen Schlüsse ziehen",

äußerte sie.

„Ich werde jetzt seine Eltern verständigen, und dann treffen wir uns im Krankenhaus, vielleicht können die Ärzte uns dann mehr sagen, ich hoffe ja, dass es nicht so schlimm sein wird, wie es für mich ausgesehen hat".

Als Lisa sich auf den Weg ins Krankenhaus machte, dachte sie über vieles nach, das wird doch nicht eine Strafe von seinem obersten Dienstherrn sein, der uns unsere Zweisamkeit nicht gönnt.

„Bitte, lieber Gott, mache, dass Jakob sich ganz schnell erholt und keine bleibenden Schäden davon trägt",

betete sie auf dem Weg ins Krankenhaus, denn man hatte ja schon so viel Schlimmes bei Kopfverletzungen gehört, auf ihn durfte das nicht treffen. Als sie im Krankenhaus ankam, waren schon seine Eltern beim Empfang, und seine Haushälterin stand auch dabei. Man verwies sie in den ersten Stock zu Primarius Heinzinger. Als sie nach ihm fragten, meinte der diensthabende Stationsarzt:

„Wir haben Herrn Dr. Heinzinger bereits verständigt, er wird in Kürze hier sein, sonntags hat der normalerweise nie Dienst, es sei denn, wir haben einen schweren Fall".

Das wirkte nicht besonders beruhigend auf die hier Anwesenden.

Braungebrannt mit leicht angezogenen Beinen lag er auf der Couch und hörte aus dem Radio die Sendung ‚Blasmusik aus dem Land'. Obwohl von Natur aus eher ein sensibler Charakter, liebte Doktor Primarius Heinzinger diese Art von Musik mehr als Klassik. Solche Mittagsruhe nach dem Essen hatte er sich verdient, denn die vergangene Nacht hatte von ihm viel gefordert.

Er war nicht mehr der Jüngste, ging auf die sechzig zu und war seit zwei Jahren mit einer jungen Kollegin – sie war fünfundzwanzig Jahre später als er zur Welt gekommen – wieder verheiratet. Er wäre auch mit einer Krankenschwester mehr als zufrieden gewesen, wenn sie mindestens fünfundzwanzig Jahre jünger als er gewesen wäre. Es war dies seine zweite Ehe, die erste war auch an dem Altersunterschied gescheitert, trotzdem, er lernte nicht dazu. Primarius Heinzinger wollte einfach nicht alt werden, und durch eine Verbindung mit einer viel jüngeren erlag er dem Trugschluss, dass er auch jünger wirke, als sein wirkliches Alter ihm vorgab.

Am Sonntag wollte er immer die Ruhe genießen, und seine junge Frau hatte sich damit abgefunden, dass er sich gehen ließ. Der Radetzkymarsch weckte ihn im Halbschlaf auf, als seine ‚Süße', wie er sie gerne nannte, mit den Worten

„Schatz, sie rufen aus dem Krankenhaus an, sie brauchen dich dringend",

vor die Couch trat. Das hatte noch gefehlt, womöglich wieder eine gebrochene Hüfte oder komplizierter Beinbruch, denn auf diesem Gebiet war er eine Koryphäe. Weil er sich auf dem Gebiet einen Namen erarbeitet hatte, wurde ihm diese Stelle des Primarius-Arztes im Krankenhaus Dornbach angeboten. Er hatte bei den Vertragsverhandlungen gepokert und ein Spitzengehalt für sich, plus Nebenhonorare, erkämpft. Seine ‚Süße' konnte er auch in kurzer Zeit von der Stationsärztin in die nächst höhere Gehaltsstufe befördern, so dass sie beide ein sehr komfortables Einkommen hatten, das schöne Reisen in alle Welt, ermöglichte. Gastvorträge führten ihn bisweilen durch ganz Europa.

Es kam nicht oft vor, dass junge unerfahrene Kollegen ihn am Sonntag störten. Wenn so was passierte, musste der Fall schon verdammt wichtig sein. Nun musste er eben seine Ruhestunde unterbrechen und ins Krankenhaus. Voller Erwartung und Spannung ging er aus dem Haus. Das Objekt, obwohl nur angemietet, lag standesgemäß in einer der feinsten Gegenden von Dornbach.

Als Primarius Heinzinger in den ersten Stock des Krankenhauses ging und vor seinem Büro stand, kam schon ein junger Arzt auf ihn zu und schilderte Herrn Dr. Heinzinger den eingelieferten Fall.

„Haben Sie wenigstens eine Röntgenaufnahme von dem eingelieferten Patienten gemacht?"

Der junge Arzt wurde verlegen und äußerte:

„Nein, wir wollten Ihre Meinung zuerst hören, denn der Patient war bei seiner Einlieferung nicht ansprechbar".

Diese Antwort ärgerte den Herrn Primarius, waren denn diese Ärzte, die Sonntagsdienst machten, nicht fähig, das Notwendigste bei einem Patienten vorzunehmen.

Als er beim Patienten ankam, lag dieser in einem Zweibettzimmer allein im Raum und schaute zur Decke. Er nahm die eintretenden Ärzte kaum wahr.

„So, mein Lieber, jetzt mal schnell zum Röntgen",

scherzte Herr Doktor Heinzinger jovial,

„dann werden wir weiter sehn, was wir mit Ihnen anstellen werden".

Der Patient reagierte nicht auf diese Worte, und so sah der Herr Primarius sich gezwungen Herrn Fitz näher zu untersuchen. Ein Blick in dessen Augen verriete ihm schon fast Alles, so schätzte er sich ein.

„Herr, äh, wie war Ihr Name und wissen Sie wo Sie wohnen",

sprach Heinzinger ihn an.

„Ich bin Pfarrer Fitz und wohne im Pfarrhaus gleich neben der Kirche zum Heiligen Sankt Martin".

„Sehr gut!"

„Was ist überhaupt passiert, dass ich hier bin, ich denke im Krankenhaus",

erkundigte sich Fitz

„Sie waren längere Zeit bewusstlos, man hat Sie in der Sakristei liegend gefunden, können Sie sich nicht daran erinnern?"

Jakob versuchte den Kopf zu schütteln, was er gleich wieder sein ließ:

„Ich kann mich an gar nichts erinnern, mir tut der Nacken weh und Kopfweh habe ich auch noch".

„Na, der liebe Gott hätte Ihnen aber auch ein Kissen beim Hinfallen unterlegen können",

gab Dr. Heinzinger scherzhaft zurück.

„Sie werden jetzt gleich zum Röntgen geschickt, danach wissen wir mehr, ich vermute aber, dass Sie ein Schädelhirntrauma der Stufe eins haben".

Darunter konnte sich Jakob nichts Genaues vorstellen.

„Wenn wir Sie geröntgt haben, dürfen Sie die Besucher, die schon warten, kurz sehen".

Dann wurde Jakob mit seinem Bett aus dem Zimmer gefahren und der Lift brachte ihn in die Röntgenologie.

Der Verdacht des Herrn Primarius hatte sich zu 70 Prozent bestätigt, die zweite Möglichkeit war noch, dass der Sturz durch eine Ohnmacht, hervorgerufen durch eine Loco typico, eine leichte Gehirnblutung, wiederum durch einen hohen Blutdruck,

verursacht wurde. Hämatome an den Oberarmen und im Brustbereich waren vermutlich durch den Sturz auf den Steinboden,
entstanden. Zu dem Zeitpunkt konnte Herr Heinzinger nicht sagen, ob der Sturz durch Unachtsamkeit oder durch Fremdein-
wirkung passiert war, was wiederum jetzt nicht von Bedeutung
war. Eine Öffnung des Schädels sah der Primarius für nicht not-
wendig, verordnete dem Patienten absolute Bettruhe, gab ihm
Medikamente und ordnete an, dass Herr Fitz zur Überwachung
bis mindestens morgen auf der Intensivstation liegen müsse.

„Jetzt dürfen Sie, Herr Pfarrer, noch kurz Ihre Besucher sehen,
Sie benötigen auch noch ein paar frische Sachen zum Anziehen,
und morgen werde ich wieder nach Ihnen sehen, stellen Sie sich
aber darauf ein, dass Sie ein paar Tage hier bleiben müssen. Ich
wünsche Ihnen alles Gute".

Mit diesen Worten verließ er den Raum und wandte sich den
draußen stehenden Personen zu:

„Jetzt können Sie kurz zu Ihrem Patienten, strengen Sie ihn aber
bitte nicht an, er kann sich an den Unfall nicht erinnern, scheint
noch eine Nachwirkung davon zu sein, obwohl mir so etwas bei
diesem leichten Grad der Schädigung nicht bekannt ist".

Seine Eltern fragten ihn, oh er sich erinnern könne, wie es zu
seinem tragischen Sturz kommen konnte, und er verneinte dies
mit einer Kopfbewegung, die ihm wehtat. Als er Lisa am Bett
stehen sah, ging ein glückliches Lächeln über sein Gesicht. Er hat
mich erkannt, dachte sie und fragte Jakob, wie er sich denn
fühle und er lächelte:

„Wenn ich dich hier sehe, geht es mir gleich viel besser, danke,
dass ihr gekommen seid. Bin ich schon lange hier? Ich kann mich
an gar nichts erinnern".

Tante Anna erzählte ihm mit kurzen Worten den Hergang, wie
sie ihn, nachdem er nicht zum Mittagessen kam, in der Sakristei
am Boden liegend, gefunden habe. Eine Krankenschwester kam

ins Zimmer und bat die Besucher, sich von Herrn Fitz zu verabschieden, denn er würde jetzt auf die Intensiv gefahren und bräuchte absolute Bettruhe, damit sein Kopf sich so schnell wie möglich erholen könne.

„Lassen Sie Hochwürden bis Dienstag Zeit zum Erholen, dann können Sie ihn ganz sicher in einem besseren Zustand wieder antreffen. Vielleicht kann er sich dann auch an den Hergang erinnern, meist wäre es so bei solchen Verletzungen".

Tante Anna meinte, sie würde noch heute frische Wäsche für Jakob bringen und mit den Wünschen der Guten Besserung gingen sie nach draußen.

Als sie auf der Straße standen unterhielten sie sich noch lange über das Geschehene und Lisa argwöhnte:

„Ich habe den Pröll in Verdacht, dass der nach dem Hochamt mit Jakob zusammengetroffen und es vielleicht zu einer Auseinandersetzung gekommen ist, bei der Jakob hingefallen ist. Gedroht hat der Pröll bei seinen Freunden oft genug".

„Das wird sich alles aufklären",

beruhigte sie Jakobs Vater:

Wenn sein Sohn das Gedächtnis wieder zurück erlangte, könne man weitersehen, aber man solle jetzt keine voreiligen Schlüsse ziehen, denn eine Drohung und die Ausführung einer Tat wären zwei verschiedene Paar Stiefel.

Nun liefen sie auseinander, jeder einen anderen Weg. ‚Tantan' schaute im Schlafzimmer in Jakobs Kleiderschrank, suchte die nötigen Kleidungsstücke zusammen, gab diese in eine Tasche und brachte sie ins Krankenhaus. Man ließ sie nicht mehr zum Pfarrer, denn der sei jetzt zum erholsamen Schlaf in ein leichtes künstliches Koma versetzt worden. Das machte ihr Angst. Sie wurde aber gleich beruhigt, dass dies die beste Methode sei, um dem Körper die nötige Erholung zu gewährleisten.

„Am Dienstag holen wir ihn dann wieder zurück, und dann werden Sie sehen, wie gut das ihm getan hat".

Im Pfarrhaus angekommen, überlegte sie krampfhaft, was sie mit der Tasche machen sollte. Die hatte doch ein Gemeindemitglied in der Kirche liegen lassen, und Pfarrer Fitz hatte erwähnt, dass die Tasche schon abgeholt würde. Gut, wenn es so war, musste sie nichts unternehmen, ansonsten würde sie die Tasche zum Fundamt bringen, damit dieser Störfaktor aus dem Flur verschwindet.

„Bis Dienstag warte ich damit".

Von dem Tag an, als ihm Herr Gunz gedroht hatte, dass er herausfinden würde, wer ihn angezeigt habe, grundlos wie er sagte, war der Außendienst für Ernst Hämmerle zur Tortur geworden. Wenn er beim Sortieren der Briefe den Namen Gunz auf einem Kuvert geschrieben sah, wurde ihm ganz heiß und er musste überlegen, wie er diese Post unbemerkt an die Adresse abgeben konnte. Die Angst hatte ihn so sehr überrannt, dass er begonnen hatte diese Briefe zu sammeln und erst, als er genug davon zusammen hatte, sie bei Nacht und lautem Hundegebell eiligst in den Briefkasten zu werfen, unbemerkt vom Hausherrn.

Seine Schuldgefühle gingen so weit, dass er überlegte, dies alles in Form einer Beichte dem lieben Gott mitzuteilen, um Vergebung zu erlangen. Auch hatte er schon versucht bei seinem Vorgesetzten in einem länger anhaltenden Gespräch zu erreichen, in den Innendienst versetzt zu werden. Leider wurde seinem Wunsch nicht entsprochen, immer mit derselben Begründung, dass seine Fähigkeiten dafür nicht ausreichen würden und man ihn dringend für die Aufgabe im Außendienst mit Fahrrad benötige. Sein Chef versprach ihm sogar ein neues Fahrrad mit Dreigangschaltung, falls seine körperliche Eignung unter den jetzigen Forderungen zu leiden hätte.

Adolf wunderte sich immer mehr, dass tagelang keine Briefe zugestellt worden waren und dann plötzlich schon am frühen Morgen gleich mehrere im Postkasten lagen. Der Sache wollte er auf den Grund gehen, denn es konnte doch nicht sein, dass ein einzelner Brief sieben Tage benötigte. Gut, die Vorarlberger waren nicht besonders schnell, aber so langsam auch wieder nicht. Er würde sich jetzt mal auf die Lauer legen, denn ihm war aufgefallen, dass Rolf, sein Schäferhund, mitten in der Nacht angeschlagen hatte. Immer, wenn das der Fall war, fand er am nächsten Tag Post im Briefkasten vor. Jedes Mal, wenn Adolf zur Arbeit in die Großmolkerei ging, fiel ihm auf, dass die Nachbarn, die früher so nett und freundlich zu ihm waren, versuchten die Straßenseite zu wechseln. Die meisten taten so, als ob sie ihn nicht kennen würden, andere wiederum waren übertrieben freundlich zu ihm.

Der Verdacht, Bankräuber gewesen zu sein, lastete immer noch auf ihm wie eine schwere Bleiweste. Vor längerer Zeit war sogar ein Bild von einer verdächtigen Person im ‚Vorarlberger Alpenblick' auf der Titelseite erschienen, und darunter war zu lesen, dass dieser Mann sich doch bitte melden soll, da er eine vielleicht wichtige Person zur Klärung des Bankraubes wäre. Das Bild hatte sogar eine große Ähnlichkeit mit ihm, das hatte gerade noch gefehlt. Jeden Tag wartete Herr Gunz auf eine neuerliche Befragung von Kommissar Jabornig, und das kostete ihn und seine Familie viel Nerven. Klein Michi hatte letzte Nacht nach langer Zeit wieder ins Bett genässt, die Nervosität seiner Eltern ging an dem Kleinen nicht spurlos vorüber. Da half auch ein Gupf Sahne nicht weiter.

Noch bevor er seinen Dienst in der Großmolkerei von Dornbach antrat, war er ins Polizeirevier gegangen. Er wollte dem Nervenkitzel ein Ende setzen und ein Gespräch mit dem diensthabenden Kommissar führen. Es traf sich gut, denn Herr Jabornig, der Herrn Gunz nun schon kannte, bat ihn Platz zu nehmen.

„Ich weiß, dass Ihnen das Bild in der Zeitung Sorgen bereitet, aber glauben Sie mir, Herr Gunz, wir haben Sie wirklich nicht mehr in Verdacht, wir hatten ja schon eine Gegenüberstellung in der Bank, bei der Sie eindeutig als schuldlos hervorgingen".

„In der Gegend in der ich wohne, sehen das einige Leute, glaube ich, anders, was kann ich denn dagegen machen?"

fragte Herr Gunz, Herr Jabornig drehte an seinem Bleistift und antwortete:

„Ist eine sehr unangenehme Sache, einen Verdacht weg zu räumen. Die Leute sehen immer das Schlechte im Menschen. Vielleicht würde eine kleine Anzeige in der Zeitung genügen, Sie vor zweifelnden Mitbürgern rein zu waschen. Wir können so einen Text aufsetzen, aber die Anzeige müssen Sie bezahlen. Das wäre mein Vorschlag".

Herr Gunz war damit einverstanden und fragte Herrn Jabornig nach dem Denunzianten, der ihm und seiner Familie so viel Kummer gebracht hatte. Als Antwort bekam er, dass beim besten Willen der Name nicht genannt werden dürfe. Zwei Tag später erschien im ‚Vorarlberger Alpenblick' eine schwarz eingerahmte Mitteilung der Polizei, dass kein Verdacht bestehe, Herr Adolf Gunz, Oberbuchhalter in der Großmolkerei Dornbach, könne der Bankräuber gewesen sein, obwohl das vorangegangene Bild eine starke Ähnlichkeit mit diesem Herrn habe. Von dem Tag an, war es ruhiger geworden, und die Briefe kamen wieder regelmäßiger im Hause Gunz an.

Der Briefträger Hämmerle hatte es bei der Post durchgesetzt, dass er mit einem anderen Kollegen das Revier tauschen konnte. Nun hatte er sogar mehr Arbeit, denn er musste sich die Namen an den Postkästen einprägen, aber das tat er gerne. Die Gartenstraße mied er, denn die hatte ihm viel Sorgen bereitet, und Rolf durfte jetzt an einem anderen Kollegen hochspringen, auch wenn er nur spielen wollte.

Der Tag schien schön zu werden. Schlecht geschlafen hatte er, denn mit Niemandem konnte er darüber sprechen, was er heute Vormittag vorhatte. Er traute sich nicht, sich seiner Frau mitzuteilen, dass heute so viel unehrliches Geld auf ihn wartete, das er aus lauter Not und Verzweiflung an sich gebracht hatte. Wie würde sie reagieren, sich von ihm womöglich trennen, da sie mit einem Bankräuber nichts zu tun haben wollte, vielleicht wäre er ihr auch als Held erschienen. Er wusste es nicht. Als er seinen Kaffee getrunken und sein Frühstück eingenommen hatte, verabschiedete er sich wie immer mit einem Kuss von seiner Frau, die Kinder schliefen noch, denn heute war er sehr früh dran.

Auf der Fahrt mit seinem alten Volkswagen in Richtung Dornbach hatte er schon ein mulmiges Gefühl, denn, konnte er dem Geistlichen vertrauen? Er musste auf der Hut sein und sehr vorsichtig an die Sache herangehen. Wie hatten sie am Telefon ausgemacht? So um halb neun Uhr würde das Geld im Beichtstuhl liegen, abholbereit in der Tasche. Er konnte nur hoffen, dass niemand in der Kirche war. Seinen Wagen würde er in der Nähe parken, so dass kein Polizist ihn anhalten konnte. Dieses Mal musste er aufpassen, dass er keine Verbotstafel übersah, denn das letzte Mal hat er ganz schön Angst gehabt, als der Polizist an der Wagentür gelehnt und seine Papiere verlangt hatte: Da hätte vieles schief laufen können! Als er am Steinbruch vorbei fuhr, wusste Heinz, dass er nur noch ein paar Kilometer vor sich hatte, bis Dornbach erreicht war. Je näher er sich der kleinen Stadt näherte, desto nervöser wurde er.

Das geraubte Geld aus dem Beichtstuhl zu holen, war ja genau so riskant, wie der Überfall, nur dass er dieses Mal keine Waffe bei sich trug. Es half das ganze Lamentieren nichts, jetzt musste er auch den letzten Teil noch über die Bühne bringen, dann hatten die finanziellen Sorgen ein Ende. Gewissensbisse gegenüber der Bank hatte er keine, denn die hatten auch kein schlechtes Gewissen ihm gegenüber und hätten ihn ohne weiteres ruiniert. Im Gegenteil: Der Gedanke, dieses Geld von einer Bank geraubt zu haben, gab ihm große Befriedigung.

Die ersten Häuser, einzeln stehend, kamen in Sicht, Bauern waren mit ihren Fuhrwerken schon auf der Straße und vereinzelt gingen eilige Fußgänger den Gehweg entlang zu ihrer Arbeit. Der Tag war erwacht, und die Sonne schien heute warm, Schulkinder mit ihren schweren Taschen waren meist in kleinen Gruppen unterwegs und freuten sich über das schöne Wetter und die warmen Strahlen der Sonne, schon so früh am Morgen.

Jetzt bog er beim Stadtkrankenhaus nach links ein und fuhr die Marktstraße entlang in Richtung Zentrum. Ein einzelner Polizist in einem auf einem Sockel stehenden Häuschen, das diesen größer erscheinen ließ, ordnete den Verkehr mit Handzeichen. Sein Weg führte Heinz am Bankinstitut vorbei und schon sah er die imposante Kirche mit den sechs großen hohen Säulen. Hier drinnen lag das Geld, dachte er, als er kurz danach rechts in eine kleine schmälere Straße einbog und in einer freien Parklücke seinen Wagen abstellte.

Das war ein guter Ausgangsplatz, nur fünf Minuten Gehweg von Sankt Martin entfernt. Jetzt ging er ganz gemächlich, unauffällig an den schönen Stadthäusern die Straße, die zur Kirche führte, entlang. Es war noch früh am Morgen und die .Sonne schien mit kräftigen Strahlen auf ihn herab. Das wird ein schöner Tag werden, jetzt nur noch die Tasche mit dem darin liegenden Geld holen, und die Sache ist mit etwas Glück ausgestanden. Beim Dahingehen beobachtete Heinz jeden Einzelnen und jede kleine Gruppe in der Nähe der Kirche, denn, so sagte er sich, man kann nicht vorsichtig genug sein.

Als er vor dem Portal von Sankt Martin angekommen war, beobachte er zwei Männer, die sich lebhaft miteinander unterhielten, dabei schaute einer von den beiden sich immer wieder in der Gegend um. Was, wenn das womöglich Kriminalbeamte waren, die nur darauf warteten, bis er in die Kirche ging und mit der auffälligen Tasche wieder heraus kam? Heinz hatte sich alles viel leichter und unaufregsamer vorgestellt, als er vor drei Tagen mit dem katholischen Pfarrer das Telefongespräch geführt hatte. Da waren sie sich einig geworden, und er hatte nicht das Gefühl, dass Herr Fitz ihn hinters Licht führen würde. Er gab ihm sogar sein Ehrenwort, dass er sich daran halten würde und die Polizei nicht hinein ziehen würde. Konnte man einem Geistlichen trauen?

Nun blieb er stehen und beobachtete den Polizisten, der direkt auf dem Platz vor der Kirche den Verkehr mit Handzeichen regelte, als der den Blick auf Heinz richtete und ihm sogar noch freundlich zunickte, wusste er, dass von dieser Person in Uniform keine Gefahr ausging. Mehr beunruhigten ihn die zwei Männer, die noch immer vor dem Eingang der Kirche standen. Das war vielleicht ein Zufall, denn ein paar Schritte weiter entfernt unterhielten sich Frauen aufgeregt miteinander, das war eben der Alltag an so einem schönen Morgen. Er musste es einfach wagen in die Kirche zu gehen, egal was passieren sollte, hinein gehen war nicht auffällig, aber wenn er noch lange so ängstlich hier stand, konnte das schon die Aufmerksamkeit auf ihn lenken, und das wollte er gerade vermeiden.

Entschlossen mit festem Schritt ging er an den beiden Männern vorbei und öffnete mit leichtem Knarren die Tür zum Kircheninnern. Blicke, hatte er das Gefühl, verfolgten ihn. Durch die bunten Kirchenfenster fielen Sonnenstrahlen ins Innere des Gotteshauses und brachten eine friedliche Atmosphäre in das sonst im Halbdunkel liegende Innere. Überall Stille, kein Mensch in einer Kirchenbank kniend oder stehend zu sehen. Der Priester hatte recht gehabt, als er am Telefon festgestellt hatte, um diese Zeit würde keine Gefahr von einer Beobachtung ausgehen, und er könne das Geld ohne Mühe aus dem Beichtstuhl holen.

Nun hatte er vor, auch den letzten Teil seiner aufregenden Tat hinter sich zu bringen, und er näherte sich dem Beichtstuhl, der drohend in dunklem Holz schimmernd und mit Schnitzereien verziert vor ihm stand. Gerade als er nach nochmaligem Umsehen die zwei Flügeltüren öffnen wollte, hörte er ein leichtes Knarren, das ihn sofort zurückschrecken ließ. Diese Eingangstüre zum Gotteshaus hatte ihn schon einmal in Nöte gebracht, als er oben auf der Empore gestanden und sich umgezogen hatte. Damals war viel Glück dabei, dass der Organist nicht gleich zum Üben hochgekommen war. Jetzt war schon wieder Vorsicht geboten: Geistesgegenwärtig nahm er die Hände von den Flügeltüren weg und setzte sich in die am nächsten stehende Kirchenbank. Dann ging er in die Knie und betete, dieses Mal wirklich, dass Gott oder der Schöpfer, wie man ihn auch nennen möge, ihm, dem armen Sünder helfen möge, dass er zu der Tasche komme, ohne ins Gefängnis zu müssen. Er habe es aus höchster Not getan und hätte nie Gewalt angewendet, wenn das auch für die Betroffenen so ausgesehen hätte. Die Schritte kamen näher und dann setzte sich der Mann, den er noch nie gesehen hatte, direkt neben ihn in die Kirchenbank. Musste das denn jetzt sein, wo die ganze Kirche leer war. Nach längerem Schweigen – Heinz dachte, wann würde der ungebetene Gast denn endlich gehen – fing der Andere an, ihn anzusprechen:

„Sie beten sicher für unseren lieben Herrn Pfarrer, dass er hoffentlich bald wieder gesund wird, ist doch furchtbar, was da passiert ist".

Erschrocken über dessen Worte drehte sich Heinz zu dem fremden Mann hin. Jetzt gab Heinz sich zu erkennen und erklärte, er habe keine Ahnung, wovon der Andere spreche, er wäre nicht von hier und wolle nur etwas freie Zeit zu diesem Kirchengang nützen.

„Ja wissen Sie, unsere Kirchengemeinde ist entsetzt, der Herr Fitz ist gestern nach dem Hochamt von seiner Haushälterin in der Sakristei ohnmächtig mit einer Wunde am Kopf aufgefunden worden, sieht scheinbar nicht gut um ihn aus, man hat ihn in ein künstliches Koma versetzt, so hat es sich zumindest hier im Markt herumgesprochen".

Das wäre ja schrecklich, entgegnete Herr Walther, und da könne man nur hoffen, dass alles gut ausgehen werde, worauf der Andere meinte, dass die ganze Gemeinde für ihn, den Herrn Pfarrer, beten werde, wenngleich sie ihn sowieso verlieren würden, denn er habe noch gestern angekündigt, er wolle vom Priesteramt zurücktreten.

„Wissen Sie, der hat schon lange ein Verhältnis zu einer jungen hübschen Frau, und mit der will er zusammenziehen und, wie er betonte, ein normales bürgerliches Leben führen. Wir wissen es schon lange, trotzdem, Mut hat schon dazu gehört, das den Gläubigen so auf den Kopf zuzusagen, alle Achtung!"

Heinz gab ihm Recht und fragte, wie es denn die Kirchengemeinde aufgenommen habe.

„Die meisten haben ihm applaudiert, ein paar Feinde hatte unser Pfarrer natürlich auch, er war ja den Frauen nicht abgeneigt".

Was würde jetzt wohl passieren, wenn er den Griff in den Beichtstuhl wagte, würde die Tasche vorfindbar sein, wohl eher nicht, denn wie hatte der Herr Pfarrer am Telefon gesagt.

„Am Montag nach der Frühmesse lege ich die Tasche abzüglich meiner Prämie in den Beichtstuhl, dann will ich mit der Sache nichts mehr zu tun haben. Sollte der Raub je aufgedeckt werden, ich weiß nichts, einverstanden".

Herr Walther hatte daraufhin dem Fitz versichert, dass er Hochwürden, egal was passierte, nie hineinziehen werde, auf Ehrenwort. Sein Gegenüber kniete sich jetzt nieder und fing an, leise
zu beten, und Heinz konnte die letzten Worte undeutlich hören

„...dass er wieder ganz gesund wird".

Dann verließ der Fremde mit einem freundlichen Nicken seinen
Platz. Den hatte ihm der Himmel geschickt, nun musste er überlegen, wie er weiter vorgehen sollte.

Als Heinz das Knarren der Kirchentür hörte, wusste er, dass der
Fremde gegangen war. Noch einmal drehte er sich um und hielt
Ausschau, ob wohl niemand mehr in der Kirche war. Dann entschloss er sich zum kurzen Weg an den Beichtstuhl. Flink öffnete
er die zwei Flügeltüren, zog den Vorhang zurück und griff mit
einer Hand ins Innere. Als er die Bank, auf der die Tasche liegen
musste, berührte, merkte er gleich, dass diese fehlte. Nach dem,
was er gehört hatte vor zwei Minuten, hatte er auch damit gerechnet und war nicht überrascht.

Wie hatten sie beide ausgemacht? Der Priester wollte die Tasche nach der Frühmesse am Montag, also heute, in den Beichtstuhl legen. Gestern war Herr Fitz mit einer Wunde am Kopf und
ohnmächtig vorgefunden worden, da konnte es ja gar nicht sein,
dass die Tasche mit dem Geld hier lag. Walther überlegte kurz,
wenn das Geld in der Tasche hier nicht liegt, muss es noch im
Pfarrhaus sein, also muss ich den Weg dorthin wagen, nur, wie
stelle ich das am besten an, ohne allzu viel Aufmerksamkeit auf
mich zu richten. Unaufgeregt verließ er das Gotteshaus, denn zu
befürchten hatte er momentan nichts. Als er im Freien ankam,
hatte die Sonne schon viel Kraft, und er fing an zu schwitzen.

War das aus Angst oder wegen der Wärme? Er wusste es nicht.

Das Pfarrhaus, ein schönes Backsteinhaus mit einem kleinen
Garten davor, lag direkt neben der Kirche, und von der Ferne

sah es aus, als ob der getrennt neben der Kirche stehende Kirchturm zu dem kleinen einstöckigen Haus dazu gehörte. In der Kirche hatte Heinz sich schon überlegt wie er vorgehen musste, um an das Geld zu kommen. Freundlich sein und nicht nervös wirken, war ganz wichtig für ihn.

Als er den Klingelknopf drückte und den Namen Pfarrer Fitz las, überkam ihn wieder ein leichtes Unwohlgefühl, jetzt aber durchhalten, dachte er. Schritte näherten sich von Innen der Eingangstür, dann wurde aufgemacht, und eine Frau in einer Kittelschürze mit leicht angegrauten Haaren stand vor ihm.

„Grüß Gott!"

kam ganz freundlich über die Lippen von Heinz, und ein Kopfnicken war die Antwort. Dann erkundigte er sich, ob er den Herrn Fitz, der ihn erwarte, sprechen könne und bekam die Antwort

„ja wissen Sie denn nicht, unser lieber Herr Pfarrer, mein Neffe wurde gestern ins Krankenhaus eingeliefert. Ich habe ihn in der Sakristei mit einer Kopfwunde ohnmächtig daliegend vorgefunden".

„Das ist ja schrecklich",

das klang ganz überrascht und war gut gespielt.

„Wissen Sie, bei Ihnen muss meine Henkeltasche sein, die ich vor drei Tagen am Freitag in der Kirche liegengelassen habe".

Tante Anna wusste gleich Bescheid und zeigte mit der Hand auf den kleinen Schuhschrank im Flur der Wohnung und fragte, ob es diese wohl wäre. Herr Walther erwiderte, dass es seine wäre und er ging die paar Schritte von der Haustür, wo er immer noch stand, auf das begehrte Stück zu, nahm es unter den Arm, sah Protest im Gesicht der Frau, die einwarf, sie wisse nicht einmal, ob das seine Richtigkeit habe.

„Glauben Sie mir, diese Tasche ist mein Eigentum, ich kann Ihnen das sogar beweisen. Unter anderem habe ich eine dunkle Anzughose zusammengerollt im Innern, für die Reinigung bestimmt. Dann machte er die zwei Klappverschlüsse vorsichtig auf und zeigte mit den Fingern auf die dunkle Stoffhose. Jetzt war die Frau Anna zufrieden, denn sie hatte früher schon aus Neugierde, mal einen oberflächlichen Blick in die Tasche geworfen, ohne den Inhalt in näheren Augenschein zu nehmen. Die Tasche musste wirklich dem Fremden gehören. Auffallend war nur, dass er sie so krampfhaft in Händen hielt und sie das Gefühl hatte, dass unermesslicher Reichtum sich in ihr befinden musste.

Ein Gedanke blitzte in ihrem Kopf plötzlich auf, der Banküberfall am vergangenen Freitag. Nun wollte er aber schnell das Pfarrhaus verlassen, und ohne noch viel zu reden, verabschiedete er sich von der Frau mit besten Grüßen an den Herrn Pfarrer, mit der Versicherung, ihn demnächst im Krankenhaus zu besuchen. Tante Anna war von der Schnelligkeit des Mannes so überrascht worden, dass ihre Gedanken an den Überfall verblasst waren. Ohne Händedruck und schnellen Schrittes war der gute Mann verschwunden, so wie er gekommen war. Etwas an dem ganzen Verhalten hatte ihr nicht gefallen, sie war überrumpelt worden, es war halt zu dumm, dass ihr Neffe jetzt im Krankenhaus lag. Den Vorfall hätte sie gerne mit ihm besprochen und ihn gefragt, ob sie richtig gehandelt habe. Vielleicht durfte sie morgen zu ihm ins Krankenhaus, sonst wollte sie vielleicht die Polizei von dem eigentümlichen Vorfall unterrichten.

Das war für Herrn Walther gut gelaufen, er hatte zwar die Zweifel der Haushälterin bemerkt, hatte aber einfach knallhart gehandelt und die Tasche zu sich genommen, das einzig richtige, obwohl er da über seinen Schatten springen musste. Normalerweise war dies nicht seine Art, das war ein Notfall. Mit der Tasche unter dem Arm lief er an Fußgängern vorbei zu seinem geparkten Auto. Der verkehrsregelnde Polizist lächelte ihm zu, als er an ihm vorbei eilte, Autos fuhren die Straße entlang, andere blieben stehen. Jetzt hörte er ein Martinshorn, und ein Polizeiauto kam immer näher, der Schweiß stand ihm auf der Stirn, als der Polizeiwagen langsam wurde und an ihm vorbei fuhr. Die Tasche musste er bald loswerden! In der Ferne sah er sein Auto stehen, der Weg war ihm unendlich lang vorgekommen.

Heinz sperrte das Auto auf, warf die Tasche auf den Beifahrersitz, setzte sich hinein und startete seinen Volkswagen. Er wollte wieder einmal nicht anspringen, nach viermaligem Startversuch, roch das Auto nach Benzin und gar nichts ging mehr. Jetzt musste er warten, ausgerechnet jetzt, war das ein Pech! Der Wagen war ersoffen. In jeder Person, die an seinem Auto vorbei ging, sah er eine potenzielle Gefahr. Nach fünf Minuten versuchte er von neuem einen Startversuch, und der Wagen sprang an. Blauer Dunst und Benzingestank kam aus dem Auspuff, als er nervös wegfuhr. Nach Hause wollte er noch nicht, aber weg von Dornbach. Als die letzten Häuser der Gartenstadt im Rückspiegel seines Autos verschwanden, war er der glücklichste Mensch auf dieser Erde, so glaubte er.

Es war Mittag geworden, als er seinen alten Volkswagen in der Nähe des Rheins anhielt und abstellte. Vorsichtig und angespannt sah er sich in der Gegend um, ob er wohl nicht beobachtet würde, denn Menschen störten ihn, nur das fließende Wasser des Flusses beruhigte seine Nerven. Nun nahm er die auf dem Beifahrersitz liegende schwarze Tasche an sich, sperrte das Fahrzeug ab und ging zur nächstliegenden Parkbank am Rheinufer. Dort setzte er sich voller Erwartung hin öffnete die Tasche. Die schwarze Anzughose lag oben auf, das wusste er noch, war das geraubte Geld auch vorhanden? Ein zweiter Blick bestätigte dies zu seiner großen Freude. Da lagen sie, die geraubten Geldscheine, zusammengehalten von Banderolen und lose. Nun griff er hinein nahm 6000 Schilling in großen und kleinen Scheinen heraus, steckte diese in seine Jackentasche und legte die schwarze Hose wieder obenauf. Die Sonne kam ihm heute besonders hell und warm vor, als er mit freudestrahlendem Gesicht zu seinem Auto zurück lief und die Tasche im Kofferraum verstaute. Zweimal vergewisserte er sich, dass er den Wagen abgesperrt hatte, bevor er wieder zu seiner am Ufer liegenden Bank ging, wo er lange sitzen blieb und träumte. Denn eines wusste er, mit diesem Geld war er alle seine Geldsorgen los.

Als Lisa am Montag ins Krankenhaus kam, um Jakob zu besuchen, wurde sie wieder mit der Bemerkung nach Hause geschickt, dass der Herr Pfarrer noch nicht aus dem künstlichen Koma geholt worden sei, da es besser für diesen wäre, wenn er noch weiter schlafe. Der diese Bemerkung von sich gab, zeigte mit der Hand nach oben und meinte, sein Chef werde auf diesen Patienten besonders aufpassen, da er solch fromme Menschen für den Dienst an der Kirche benötige. Dabei machte er ein sorgenvolles Gesicht.

„Kann man den wenigstens jetzt schon sagen ob es ein Unfall war oder gar Gewalt angewendet wurde",

fragte Lisa. Der behandelnde Arzt schüttelte dabei den Kopf und antwortete, es wäre noch zu früh, um eine Meinung darüber kund zu tun, und er wolle dem Herrn Primarius nicht vorgreifen:

„Sie müssen mich verstehen".

Darauf Lisa:

„Wenn es nämlich zu einer Auseinandersetzung gekommen ist und Jakob vielleicht niedergeschlagen wurde, habe ich einen Verdacht: Der Pröll, mein früherer Verlobter hat immer gedroht, dem Fitz die Fresse zu polieren, für diese Worte gab es genug Zeugen im Boxclub, und im Gasthaus Ochsen hatte die

Bedienung das immer wieder von dem Champ gehört, wenn er leicht besoffen mit seinen Kumpels am Tisch saß und Bier trank".

Auf dem Weg nach Hause machte Lisa noch einen kleinen Schwenker zu Anna ins Pfarrhaus. Ihr erzählte sie, was der behandelnde Arzt gesprochen hatte. Anna wiederum berichtete von dem Besucher heute Vormittag, der die Tasche an sich genommen hatte.

„Das musst du der Polizei melden".

Dieser Gedanke war nicht neu, und so entschloss sich Anna heute noch zur Polizei zu gehen, um diesen eigentümlichen Vorfall zu melden.

Nun stand sie vor der Tür, an der ein Schild mit dem Namen ‚Polizeirevier, Inspektor Jabornig, Revierleiter' angebracht war. Sie klopfte zögerlich, und eine markante Männerstimme bat sie herein. Dem Dialekt nach ein Tiroler. Ein gutaussehender Mann in Uniform – drei Sterne schmückten seinen Kragen – die dunklen Haare nach hinten gekämmt, saß in aufrechter Haltung hinter einem Schreibtisch und drehte einen Bleistift zwischen seinen Fingern.

„Was führt sie zu mir?"

„Ich möchte einen Vorfall melden, der mir nicht ganz geheuer vorgekommen ist. Ich bin die Haushälterin von Herrn Fitz, der Pfarrer ist mein Neffe und liegt jetzt im Krankenhaus".

Der Kommissar schüttelte ungläubig den Kopf und fragte:

„Deshalb kommen sie zu mir?"

„Natürlich nicht deshalb",

gab Anna zurück,

„sondern weil ein Mitglied unserer Gemeinde eine Tasche in der Kirche liegen hat lassen am vergangenen Freitag und dieselbe heute geholt hat. Der Mann hat die Henkeltasche einfach zu sich genommen, mit der Begründung dass es seine wäre, und sie wissen doch, der Banküberfall..."

Schon wieder so eine Verdächtigung, das war zum Kotzen.

„Das würde ja bedeuten, dass Ihr Neffe damit zu tun hätte",

mutmaßte der Uniformierte lächelnd.

„Um Gotteswillen doch nicht mein Neffe, der ist doch Pfarrer".

Jabornig drehte am Bleistift und meinte, dass man doch versuchen könnte, den Fremden ausfindig zu machen, vielleicht würde sich dann der Fall von selbst in Nichts auflösen.

„Haben Sie denn einen Namen, eine Adresse, Sie werden doch die Tasche nicht einfach so abgegeben haben".

Sie verneinte und gab an, dass der Mann die Tasche so schnell an sich genommen hätte, dass sie gar keine Möglichkeit gehabt hätte, darauf richtig zu reagieren.

„Könnten Sie wenigstens die Person beschreiben?"

Tante Anna spekulierte, dass dies möglich wäre, mit Bestimmtheit könne sie das allerdings nicht sagen, denn sie wäre zu nervös gewesen, um sich den Mann genau zu merken.

„Hätten Sie morgen Vormittag Zeit, nochmals bei uns vorbei zu kommen, dann könnte ich bewerkstelligen, dass nach Ihren Angaben ein Phantombild gezeichnet wird, und dieses könnten wir in die Zeitung geben, mit der Bitte, dass sich der Mann doch melden möge, da er vielleicht ein wichtiger Zeuge sei".

Jakobs Tante versprach morgen Vormittag so um 9 Uhr noch mal zur Polizei zu kommen und verabschiedete sich von Herrn Jabornig. Dieser Banküberfall in diesem Scheiß Kaff machte ihn noch wahnsinnig. Was wohnten hier doch für eigentümliche Leute. Da hatte man ihn wirklich strafversetzt.

Bis zu ihm nach Hause war es mit dem Auto noch ungefähr eine gute halbes Stunde. Gute Geschäfte hatte er gemacht, und zweimal wurde er auf seine gute Laune angesprochen, die er immer mit dem schönen Wetter begründete. Auf der Heimfahrt ins Oberland kam er bei einer Chemischen Reinigungsanstalt vorbei, dort hielt er an und brachte die verknitterte Hose zur Reinigung. Die Verkäuferin stellte fest, dass diese nur aufgebügelt gehöre, sie aber keine Flecken feststellen könne und es schade um die Mehrausgabe wäre, das war eine echte Vorarlbergerin, mit solchen Leuten konnte man, wenn man ein Geschäft hatte, nicht reich werden. Er nahm trotzdem eine Vollreinigung in Anspruch. Die paar Schilling mehr waren egal. In drei Tagen könne er die Hose wieder abholen, das passte.

Zu Hause wartete seine Frau schon mit Sehnsucht auf ihn, küsste und umarmte ihn, die zwei Kinder waren in ihrem Zimmer und waren auch sehr froh, als ihr Papa sie in die Arme nahm. Herr Walther war ein guter Vater und Ehemann, und er durfte gar nicht daran denken, wie es ausgehen hätte können, wenn der Entschluss, den er vor drei Tagen ausgeführt hatte, nicht geglückt wäre. Was für ein Drama für die Familie und ihn.

Seine Frau stellte auch fest, dass ihr Heinz heute besonders gut drauf war und führte dies auf die guten Geschäfte zurück. Er hatte ja am Sonntag gesagt, dass er heute einiges an Nachzahlungen bekommen würde. Diese Zahlungen waren schon längst überfällig, meinte er. Seine Tasche, die er unter dem Arm fest umschlungen hielt, stellte er als erstes in seinem Zimmer beim Bürotisch auf den Boden. Dann nahm er den kleinen Schlüssel für die zwei Klappverschlüsse aus der Schreibtischlade und sperrte zur Sicherheit die Tasche zu. Jetzt konnte er sich beruhigt an den Tisch setzen und sich bedienen lassen. Es gab warmes Essen, und er holte eine Flasche Riesling aus dem Kühlschrank und schenkte seiner Frau und sich in das Glas ein.

„Auf unser schönes Leben",

prostete er seiner Frau mit lachendem Gesicht zu. Heute hatte ihr Ehemann wirklich gute Laune und, was ihr noch auffiel, er wirkte kein bisschen hektisch oder nervös. Das musste das schöne, warme Wetter sein.

Heute lag besonders viel Post auf dem Schreibtisch von Bischof Körner. Bittbriefe von armen Menschen, Briefe in denen Priester um Versetzung baten, weil sie mit den Gemeindemitgliedern nicht klar kamen, Briefe von Behörden und Finanzämtern, es gab mehr als genug zu tun. Langsam würde es Zeit, für Vorarlberg eine Zweigniederlassung aufzumachen, leider waren die Alliierten kurz nach der Besetzung noch dagegen. Momentan war Innsbruck also auch für Dornbach zuständig.

Nachdem Bischof Körner einzelne Briefe gelesen und beantwortet hatte, fiel ihm ein unscheinbares Kuvert mit Poststempel Dornbach ins Auge. Hatte er nicht mit einem Priester aus diesem Städtchen persönlichen Kontakt und Ärger gehabt. Er öffnete das Schreiben und las. Er musste den Brief ein zweites mal lesen, denn da bat doch der junge gut aussehende Priester um ein Gespräch mit ihm, dem Bischof, weil er, wie er schrieb, nicht nach Afrika in Mission gehen wollte, er wolle das Priesteramt niederlegen und seine Geliebte heiraten und ein bürgerliches Leben führen. Das war vielleicht ein Rebell. Gut, anhören werde ich ihn wohl müssen, werden wir mal sehen, wie das Gespräch verlaufen wird.

„Herr Klein, kommen sie mal in mein Zimmer",

rief er seinem im Nebenraum sitzenden Sekretär durch die halb geöffnete Tür zu. Dieser kam sofort gelaufen, den Schreibblock in der einen Hand und in der anderen einen Bleistift.

„Schreiben Sie bitte an das Pfarramt in Dornbach, Vorarlberg, zu Händen Herrn Pfarrer Jakob Fitz, folgenden Wortlaut: ‚Sehr geehrter Herr Pfarrer Fitz, wir hatten schon vor längerer Zeit das Vergnügen, miteinander zu sprechen, und wie ich Ihrem Brief entnehme, wollen Sie das fortsetzen. Über das, was Sie vorhaben, werden wir uns ernsthaft unterhalten müssen, und ich glaube nicht, dass unser Gespräch in Harmonie verlaufen wird. Sie können mich jederzeit telefonisch unter der Nummer, die Sie sicher noch haben, erreichen und persönlich einen Termin festlegen. Bis dahin, Gottes Segen, möge er es gut mit Ihnen meinen. Ihr Bischof Körner'. Wenn Sie den Brief ins Reine geschrieben haben, legen sie ihn mir bitte vor, spätestens bis Morgen muss er bei der Post sein. Ich erwarte einen schnellen Rückruf von diesem Abtrünnigen".

Der 20. Juni 1961 war ein Dienstag und ein ereignisreicher Tag: Herr Walther wachte um 450.000 Schilling reicher auf, nachdem er am vorigen Abend das geraubte Geld gezählt hatte. Für seine Verhältnisse sehr viel Geld.

Am 20. Juni wurde auch Pfarrer Fitz aus dem künstlichen Schlaf in die Wirklichkeit zurückgeholt, hatte aber immer noch erhebliche Gedächtnislücken. Primarius Heinzinger selbst nahm sich des Patienten an, da er diesen Fall besonders interessant fand. Hatte er in seiner langen Tätigkeit als Arzt noch nie einen Patienten gehabt, der nach einem Schädelhirntrauma der Stufe eins die Erinnerung an den Vorgang – seiner Ansicht nach bewusst – verdrängte.

Hochwürden wirkte nach den fast zwei Tagen der absoluten Ruhe und des künstlichen Schlafs ziemlich stabil, wenn man von den Hämatomen und dem Kopfverband absah. Noch plagten den christlichen Patienten Nackenschmerzen und er klagte über Kopfweh, anscheinend wusste er aber noch, welchen Beruf er hat, er faselte nur immer wieder die Worte:

„nicht mehr lange",

was den Primarius Heinzinger stutzig machte und er deshalb scheinheilig fragte, was er damit meine, wenn er sage ‚nicht mehr lange'. Die Antwort, die der Professor bekam, war immer dieselbe: Er, Pfarrer Jakob Fitz, hänge den Priesterberuf an den Nagel. Scheinbar, meinte der Chefarzt zu seinen ihn begleitenden Kollegen, wäre doch ein Schaden zurückgeblieben, dass der Patient solchen Unsinn spreche, vielleicht wäre doch eine kleine Gehirnblutung ein Loco typico, verursacht durch einen zu hohen Blutdruck, die Ursache für diese Ausfälle.

„Wir haben das Röntgenbild seines Schädels genauestens angesehen und keine Veränderungen festgestellt",

erklärte der junge unerfahrene Assistenzarzt, worauf er die kurze Antwort seines Chefs erhielt:

„wissen Sie, junger Kollege, in der Medizin gibt es immer wieder Rätsel, auch wenn wir es nicht wahrhaben wollen".

Ein aufregender Tag war der 20. Juni auch für Jakobs Tante, sie hatte einen Termin im Polizeirevier von Dornbach wahrzunehmen, denn heute wollte man auf Grund ihrer Schilderung ein Phantombild zeichnen, ein Bild des Mannes, der die Tasche aus dem Pfarrhaus mitgenommen hatte. Vielleicht hatte der was mit dem Überfall zu tun, obwohl für Herrn Jabornig total ausgeschlossen, denn wenn das der Fall wäre, würde das bedeuten, dass der Priester von Sankt Martin auch mehr wusste als alle Anderen.

„Wir werden das Phantombild, wenn's brauchbar wird, in die Zeitung geben, vielleicht erkennt irgend Jemand diese Person",

sagte der Innsbrucker zu seinem Kollegen, denken könne er sich das nicht, dass die Aktion was bringen werde.

„Den Pfarrer schließe ich als Mitwisser aus".

Am Dienstag, pünktlich um zehn Uhr vormittags klopfte Tante Anna an die Tür mit dem kleinen Schild ‚Polizeirevier, Inspektor Jabornig, Revierleiter' und wurde freundlich von ihm und einem jungen Kollegen, dem die Haare bis zur Schulter fielen, empfangen:

„So, da sind Sie ja",

klang es in Tiroler Dialekt, und der Revierleiter bat Frau Gugele neben dem jungen Mann am Tisch Platz zu nehmen.

„Das ist unser bester Mann, nicht im Regeln des Straßenverkehrs, aber dafür im Zeichnen",

meinte er lachend.

„Ich lasse Euch jetzt allein, und wenn Sie fertig sind, Herr Rümmele, dann geben sie mir Bescheid, ich bin im Nebenzimmer".

Herr Rümmele nahm nun einen großen Zeichenblock in die Hand und legte ihn auf den Tisch, mehrere Bleistifte hatte er vor sich liegen und einen großen Radiergummi, alles Marke Pelikan, wie Tante Anna sehen konnte. Dann zeichnete er einen Kopf, fast so groß wie das Papier des Zeichenblocks, auf das Blatt und fragte, ob die Form dem Kopf des Mannes entspräche, der gestern die Tasche abgeholt habe. Sie antwortete, das wäre zu wenig, sie müsse den Kopf mit Haaren und Augen und all dem, was dazu gehöre, vor sich haben, dann könne sie ihm sagen, was er verändern müsse... Herr Rümmele zeichnete flink, und ehe sich 'Tantan' versah, war ein schönes Gesicht auf dem Papier. Sie gab nun Anweisung, was zu verändern war, und. nach einer guten Stunde war das Porträt fertig.

Es zeigte einen Mann mit großen dunklen Augen, leicht abstehenden Ohren, ein fliehendes Kinn und wenig Haare, nach hinten gekämmt mit einem angedeuteten Scheitel. Die Nase verhältnismäßig auffallend groß mit leichtem Höcker.

„So habe ich den Herrn in Erinnerung…vielleicht sah er ein bisschen anders aus, aber Sie wissen ja, die Aufregung".

„Jetzt",

erklärte Herr Rümmele,

„machen wir noch ein Bild von der Tasche, das wird einfacher sein",

das gelang auf Anhieb recht gut, da die Tasche ja sehr auffällig war. Die zwei Griffe waren genau so lang wie die Tasche hoch, und die zwei Klappverschlüsse sahen unauffällig aus, denn solche waren an den meisten Taschen angebracht. Herr Jabornig schaute kurz zur Tür herein ins Zimmer, und Herr Rümmele meinte, er könne gleich hier bleiben, da sie beide jetzt mit der Arbeit fertig wären.

„Na, dann hoffen wir mal, dass sich auf Grund dieser Zeichnungen etwas ergibt. Frau Gugele, sie wissen ja, die Belohnung wäre nicht schlecht. Morgen wird das Ganze in Druck gehen mit kurzem Untertitel. Die ‚Vorarlberger Alpenblick-Zeitung' wird hoffentlich von vielen Leuten gelesen".

Dann verabschiedeten die zwei Beamten sich von Tante Anna, und Herr Jabornig bedankte sich für die Zusammenarbeit:

„sobald sich was tut, werden wir uns bei Ihnen melden".

Nachdem Herr Walther am Montagabend das Geld glücklich und ohne Gewissensbisse gezählt hatte, versteckte er die Scheine hinter den Büchern in der Regalwand. Morgen, am Dienstag, würde er ein besseres Versteck finden, heute genügte dieser kleine Aufwand. Er hatte nicht vor, die nächsten drei Tage auf Tour zu gehen. Als die Kinder zu Bett gegangen waren und er auf dem Sofa mit seiner Frau saß, wurde er gesprächig und erzählte seiner Frau von den guten Geschäften und Außenständen, die er teilweise abkassiert habe. Dabei zeigte er ihr ein Bündel Scheine. Die Augen seiner Frau glänzten vor Freude, und er dachte, dass der Entschluss, eine Rank zu überfallen, doch der einzig richtige gewesen war.

„Die nächsten drei Tage mache ich frei und werde die Angelegenheit mit der Bank regeln".

Hadwig stand vom Sofa auf und ging in die Küche zum Kühlschrank, dort holte sie eine Flasche gekühlten Riesling heraus, er nahm zwei Gläser aus dem Büffet, sie schenkten sich die Gläser voll und tranken genüsslich.

„Weißt du, Hadwig, ich habe so gute Geschäfte gemacht und habe trotzdem noch Außenstände, die nächste Woche fällig werden, uns kann nichts mehr passieren".

Darauf stießen sie an, dass der helle Klang der Gläser im ganzen Zimmer hörbar war. Im Radio waren heimatliche Klänge zu hören, und die ‚Walsertaler' sangen so schöne Volkslieder, dass einem warm ums Herz wurde.

„Wenn die Geschäfte so weitergehen, werde ich eine Anfrage an Farben Höchst stellen, vielleicht bekomme ich dann einen neuen Wagen gestellt. Mir würde ein Opel Rekord besonders gut gefallen".

„Wieso läuft es bei Dir jetzt auf einmal so gut",

fragte Hadwig.

Heinz hatte schon mit dieser Frage gerechnet, und er gab zurück, dass die Textilindustrie in Vorarlberg starken Aufwind erfahre und man eben die Farben dringend benötige.

„Du siehst ja selbst, die Türkeneinwanderung, die meisten davon arbeiten in der Textilindustrie, das sagt ja schon alles. Wir machen uns ein paar schöne Tage, ich werde nur noch einen Termin machen, der sehr wichtig ist, der aber nur drei Stunden in Anspruch nehmen wird, den Rest hast du mich für dich allein".

Sie freute sich über diese Aussage, und sie merkten beide, dass es eine stürmische Nacht werden würde, obwohl es windstill war.

Am Sonntag war er eingeliefert worden, und heute, Dienstag, hatten sie ihn aufwachen lassen. Primarius Heinzinger selbst hatte den Vorgang mitverfolgt, denn das Verhalten des Patienten war eigentümlich. Er schien nicht klar im Kopf zu sein, denn was er da immer wieder gefaselt hatte, von Priester an den Nagel hängen, konnte nicht der Wirklichkeit entsprechen. Auch dass er behauptete, sich an nichts erinnern zu können, die Besucher aber alle sofort erkannt hatte, besonders die junge schöne Frau, die ihm zärtlich zugetan war, empfand der Chefarzt sonderbar. Doktor Heinzinger hegte den Verdacht, dass dieser Priester was zu verbergen habe und vieles einfach verdrängte, sich gar nicht erinnern wollte. Beweisen konnte er es allerdings nicht, wie hatte er doch zu einem jungen Kollegen gesagt,

„wissen Sie junger Kollege, in der Medizin gibt es immer wieder Rätsel, auch wenn wir es nicht wahrhaben wollen".

Am Dienstagnachmittag hatte Jakob so viele Besucher empfangen, dass er die Schwester bitten musste, weitere nicht mehr in sein Zimmer zu lassen. Er hatte Kopfweh und der Nacken schmerzte. Nur Lisa war bei ihm geblieben, sie hatte von ihrem liebenswerten Chef sofort frei bekommen, der hatte volles Verständnis dafür. Nun endlich allein, fragte sie ihn, ob er da dem Primarius was vorspiele oder tatsächlich sich an nichts erinnern könne, und er versicherte:

„Glaub mir Liebling, ich weiß, dass ich einen Brief an das Bistum geschickt habe mit der Bitte um Anhörung, auch habe ich dabei erwähnt, dass ich ein normales bürgerliches Leben führen wolle und heiraten, natürlich nur dich. Ich kann mich auch noch erinnern, dass ich in der Kirche an die Christengemeinde dasselbe verkündet habe, aber mehr weiß ich nicht mehr".

Sie musste und wollte es glauben,

„Jaki, du hast keine Ahnung, was in der Sakristei passiert ist? Bist du plötzlich ohnmächtig geworden oder hat dich wer niedergeschlagen?".

„Liebe Lisa, ich weiß nur, dass ich nach dem Hochamt mich mit ein paar Leuten in der Kirche noch unterhalten habe, und dass alle mir Glück gewünscht haben, aber danach ist Schluss".

Er konnte sich auch gut erinnern, was heute alles gesprochen wurde, und dass ein paar Geschäftsleute ihm jede Unterstützung zugesagt hatten, wenn er Privatmann wäre und sozusagen arbeitslos.

„Ich möchte aber versuchen unser Leben woanders aufzubauen, nicht in dem spießigen Dornbach, da würde man immer auf uns mit dem Finger zeigen, außerdem eigne ich mich nicht für Bürotätigkeit. Vielleicht weiß Bischof Körner, was für mich in Frage kommen könnte, ein Lehramt an einer Schule oder vielleicht seelsorgerische Tätigkeit".

Sie gab ihm in allen Punkten Recht und versicherte ihm, mit ihm gerne bis ans Ende der Welt zu gehen. Was war das für eine tolle Frau. Eines wusste er jetzt in dieser Situation, dass er nie den Priesterberuf wählen hätte dürfen. Schon seine Mutter hatte zu ihm in jungen Jahren, als er noch klein war, gesagt:

„Weißt du Jaki, du siehst zu gerne Mädchen, ich glaube nicht dass das der richtige Beruf für dich wäre".

Nun musste Lisa ihren Gedanken freien Lauf lassen, und sie meinte, dass sie es einfach nicht verdrängen könne und glaube, dass Pröll ihn vielleicht niedergeschlagen habe, da der ja immer wieder gedroht habe, ihm, wie sie leise sagte, ‚die Fresse zu polieren'.

„Auszuschließen ist das nicht, die blauen Flecken und Blutergüsse könnten darauf schließen lassen, aber ich weiß es nicht".

„Wir werden Primarius Heinzinger in den nächsten Tagen auf das ansprechen, vielleicht kann der uns eine nähere Auskunft oder Vermutung geben",

meinte Lisa.

Eine Krankenschwester kam ins Zimmer und bat, dass es für heute genug wäre und der Patient jetzt Ruhe benötige, worauf Lisa sich zu Jakob beugte und ihn zärtlich küsste, mit den Worten:

„bis Morgen"

und ging.

Vor der Tür wartete noch Tante Anna, seine Haushälterin, sie musste unbedingt noch zu ihm. Man gab ihr fünf Minuten. Nun erzählte sie Jakob die Geschichte von der Tasche und dem Besuch im Polizeirevier. Er konnte sich keinen Reim daraus machen, denn ihm fehlte die Erinnerung. Seine Haushälterin konnte das nicht begreifen.

Der Gedanke, dass ihr früherer Freund Manfred Pröll vielleicht doch eine Auseinandersetzung mit Jakob gehabt hatte, in deren Verlauf es zu einem Handgemenge kam, ließ Lisa nicht zur Ruhe kommen. Nachdem sie das Krankenzimmer verlassen hatte, begegnete sie auf dem langen Flur des Krankenhauses einer jungen Oberärztin, an die sie sich wandte und fragte, wo sie den Herrn Primarius Heinzinger antreffen könne. Diese war in Eile und erwiderte, dass ihr Mann, wenn überhaupt noch hier im Krankenhaus, in seinem Büro, das zweite Zimmer rechts, wäre.

Lisa war überrascht, die Oberärztin konnte noch keine dreißig Jahre alt sein, so schätzte sie, der Primarius hingegen war ein verhältnismäßig alter Mann. Da halfen auch sein gepflegtes Aussehen und der braune Teint nicht weiter, denn die etwas müde wirkenden Augen verrieten sein Alter. Das war vielleicht ein ungleiches Paar. Na gut dachte sie, das sind wir momentan auch, er Priester und ich Büroangestellte.

Lisa hatte Glück, denn als sie an die Tür klopfte, wurde ihr geöffnet, und der Doktor bat sie herein. Schönen Frauen gegenüber war er meist höflich und gut gesonnen. Nun kam sie gleich auf ihr Ansinnen zu sprechen und erzählte dem Arzt, wie sie zu Jakob stehe und dass ihr Geliebter den Priesterberuf aufgeben werde, um sie zu heiraten, sie Besorgnis habe, weil ihr früherer Freund, der Pferdemetzger Pröll dem Pfarrer gedroht habe, wenn nicht dem Jakob direkt, so doch bei Gesprächen mit seinen Freunden im Boxclub. Dafür gebe es Zeugen.

Primarius Heinzinger war über das Gespräch sehr erfreut, er meinte, dass er sich, nachdem er ihre Geschichte gehört habe, seine Meinung über den Zustand des Patienten ändern müsse und der doch keinen Schaden davon getragen habe, wie er immer gemeint habe. Er habe die Worte des Herrn Jakob „nicht mehr lange" für einen verwirrten Zustand gehalten.

„Liebe junge Frau, ich kann Ihnen beim besten Wissen nicht sagen, wie dieser Unfall passiert ist. Man kann die erste Variante, das heißt, einfach ausgedrückt, eine leichte Hirnblutung, durch zu hohen Blutdruck, was wiederum durch die Stresssituation in der Kirche ausgelöst wurde, man kann aber auch Ihre Vermutung nicht ausschließen. Dafür würden die Blutergüsse am Oberkörper und besonders die an den Armen sprechen, verursacht durch eine starke Abwehr des Gegenübers. Ich bin kein Rechtsmediziner".

Lisa bedankte sich bei Primarius Heinzinger und fragte ihn, was er in ihrem Fall machen würde. Der antwortete und hob dabei die Schultern hoch,

„ich würde Anzeige erstatten".

Als sie das Zimmer verließ und zum Ausgang ging, wusste sie, was sie morgen zu unternehmen hätte, denn im Innersten war Lisa überzeugt, dass der Pröll aus lauter Rache und Eifersucht seine Drohungen wahr gemacht hatte, das wollte sie nicht so ungesühnt stehen lassen. Wenn der bei der Polizei in die Mangel genommen würde und vielleicht sogar in Untersuchungshaft für ein paar Tage kam, hätte sie ihre Rache gestillt und hoffentlich Ruhe vor ihm.

Wie im Radio am gestrigen Dienstag angekündigt, bestimmte ein Hoch die Wetterlage, und das Ehepaar Walther hatte verschlafen, denn die vergangene Nacht war sehr turbulent gewesen. Die zwei Jungs hatten sich selbst versorgt, ein karges Frühstuck zu sich genommen und sich danach auf den Schulweg gemacht. Heinz hatte seine Frau noch schlafen lassen und versuchte, ein gutes Frühstück auf den Tisch zu bringen. Als sie beide gegessen hatten, erklärte er Hadwig, dass er jetzt noch für höchstens drei Stunden einen Termin, den er auf heute Vormittag verlegt habe, wahrnehmen müsse, dann aber, wie versprochen, die nächsten Tage Zeit für sie habe. Während sie abräumte, ging er in sein Arbeitszimmer und kam mit der leeren Henkeltasche in die Küche.

Mit einem herzhaften Kuss verabschiedete er sich von seiner Frau und ging zu seinem auf der Straße abgestellten Wagen und fuhr los. Heute wollte er das Corpus Delicti, die Tasche und die Waffe für immer loswerden, nichts sollte mehr an diese, seine Tat erinnern. Er fuhr bei strahlendem Sonnenschein gut gelaunt, das Lied ‚Du Ländle meine teure Heimat' singend zu den Rheinauen. Dort parkte er sein Auto und ging zu Fuß zu dem träge fließenden Wasser.

Mit seinem Taschenmesser, das er immer bei sich trug, um eventuell Brote schneiden und schmieren zu können, zerschnitt er die Tasche in drei Teile und warf ein Stück nach dem anderen in den Rhein.

Herr Walther hatte übersehen, dass er von der Ferne beobachtet wurde, von einer Frau, die auch die Sonne genoss. Als er den letzten Teil der Tasche hineingeworfen hatte, hörte er eine Frauenstimme rufen

„Sie wissen schon, dass Abfälle ins Wasser werfen verboten ist, das ist doch ein Naturschutzgebiet, hier nisten Vögel und viele andere Tierarten".

Dann kam sie auf ihn zu und schüttelte nur ungläubig den Kopf und mahnte:

„Wenn wir alle so handeln würden, wäre unsere schöne Heimat bald ein Moloch".

Das war ihm nun wirklich sehr peinlich, und er beobachtete sie genau. Als die Unbekannte in Höhe seines Autos angekommen war, blieb sie stehen. Die wird doch nicht meine Autonummer aufschreiben und sich das Kennzeichen merken. Jetzt muss ich in eine andere Richtung gehen und so tun, als ob ich mit dem

Auto nichts zu tun hätte. So machte Heinz es auch und merkte, dass die Frau jetzt weiter lief.

Nun konnte er wieder den richtigen Weg einschlagen. So ging er am Wasser entlang, warf seine Pistole hinein, die sofort im Wasser verschwand. In weiter Ferne sah er noch ein Stück von seiner zerschnittenen Tasche langsam dahin schwimmen, wann würde die beim Bodensee ankommen? Hauptsache war, dass jetzt alles was ihn je hätte belasten können, bei ihm nicht mehr vorfindbar war. Als er im Auto saß und heimwärts fuhr, dachte er darüber nach und kam zu dem Schluss, dass er sich nicht immer klug angestellt hatte und schon wieder durch seine Unvorsichtigkeit in Schwierigkeiten geraten hätte können.

Bei der Rückzahlung seiner angefallenen Schulden musste er vorsichtiger sein, um nicht aufzufallen.

Als er zur Arbeit in die Großmolkerei ging, hatte er zuvor die Zeitung aus dem Briefkasten genommen, ohne einen Blick darauf zu werfen. Es war die Mittwochs-Ausgabe des ‚Vorarlberger Alpenblick', Zeit dazu hatte er noch genug, wenn er im Büro Platz genommen hatte. Mitarbeiter begegneten ihm, und sein Kollege, der einen Rang unter ihm stand, fragte, ob der Herr Adolf schon die Zeitung gelesen und angesehen hätte, denn da gäbe es eine Überraschung.

„Wieso eine Überraschung?"

wunderte sich Herr Gunz. Der Andere lachte und sagte

„schlagen Sie sie doch auf",

was er dann auch tat. Das war wirklich eine Überraschung, und Adolf fühlte seinen Puls bis in den Kopf hinein schlagen. Ein Viertel der Zeitung war mit einem Porträt abgelichtet, das ihm so ähnlich sah, dass er das Gefühl hatte, in einen Spiegel zu sehen. Darunter stand in großen Buchstaben, dass jeder, der diesen

Mann kenne, sich bei der Polizei von Dornbach oder jedem anderen Polizeiposten melden solle. Die Suche nach dem Unbekannten hänge mit dem Banküberfall in Dornbach vom vergangenen Freitag zusammen. Eine kleine Belohnung würde die Bank nicht ausschließen.

„Das ist ja zum verrückt werden, jetzt fängt womöglich die Scheiße wieder von vorne an",

waren seine laut ausgesprochenen Worte.

„Wissen sie was, ich mache heute frei und gehe jetzt sofort nach Hause, Ilse braucht mich ganz sicher jetzt".

Mit diesen Worten ging er zur Tür hinaus. Als er die Gartenstraße entlang lief, an den paar Häusern vorbei, bemerkte er schon die komischen Blicke der einzelnen ihm bekannten Fußgänger, die in der Straße wohnten. Rolf, der Schäferhund war der einzige der ihn mit lautem Bellen und Hochspringen voller Freude empfing. Der hatte keinen Verdacht geschöpft. So ein Hund war einfach ehrlich. Ilse war überrascht, dass ihr Mann, doch erst kaum weggegangen, schon wieder nach hause kam.

„Ja was ist denn mit dir los?"

wunderte sie sich, und er schmiss den ‚Vorarlberger Alpenblick' auf den Küchentisch mit dem Bild oben auf. Sie traute ihren Augen nicht und musste sich auf den nächsten Stuhl setzen.

„Das darf doch nicht wahr sein, jetzt, wo gerade wieder Ruhe eingekehrt ist und Michi gerne wieder in den Kindergarten geht, so was".

„Der Gott, den es da geben soll, der meint es mit uns nicht gut, weißt du was Ilse, ich trete aus der Kirche aus".

Jetzt müsse er sich wieder rechtfertigen und die hämischen Blicke ertragen, obwohl seine Unschuld bewiesen sei, klagte er.

„Womöglich kommt dieser Tiroler wieder mit dem Polizeiauto angefahren, um mich mitzunehmen, dann erschieß ich ihn",

schimpfte Adolf voller Zorn.

Dass sie jetzt abwarten müssten, wie sich die Sache weiter entwickeln würde, war die Meinung von Ilse und dass nicht so heiß gegessen würde, wie gekocht wird, fügte seine Frau hinzu. Hoffentlich, meinte Ilse, würde der kleine Michi dieses Mal nichts mitbekommen, sie könne es kaum erwarten, ihn abzuholen. Als es kurz vor zwölf war, ging sie die Straße entlang, und als sie vor dem Kindergarten stand, kam der Kleine freudig herausgelaufen und rief ihr entgegen:

„Mama, der Papa ist berühmt, der ist in der Zeitung abgebildet".

Kinder waren halt nicht kompliziert.

Gelangweilt saß er an seinem Schreibtisch. Vor sich hatte er die Zeitung liegen, und sein Blick fiel misstrauisch auf das Bild auf Seite eins. Dieses Gesicht kam ihm so bekannt vor, den hatte er doch schon bei der Gegenüberstellung in der Bank im Visier gehabt. War das nicht der Buchhalter von der Molkerei? Er drehte seinen Bleistift in der linken Hand und dachte nach. Diesen Herrn, na wie hieß er denn gleich, diesen Gunz konnte er kein zweites Mal mit dem Polizeiauto aufsuchen, das war nicht seine Art, Menschen so zu verunsichern, der hatte beistimmt genug damit zu tun, Rechenschaft bei seinen Nachbarn abzulegen und zu beweisen, dass er nicht in Frage kam. Es musste noch einen mit ähnlichem Gesicht geben, hier in Vorarlberg. Der Banküberfall hatte zum ersten Mal Aufregung und Arbeit in sein Revier gebracht. Sonst war ja kaum was zu tun, ein paar Verkehrsdelikte, Einbrüche, Taschendiebstahl und Fahrradklau.

Fahrräder wurden, so fiel ihm auf, hier in Dornbach viele geklaut, da die meisten Einwohner der Gartenstadt kein Auto besaßen und doch schnell von a nach b kommen wollten. Egal, wie viele Wortmeldungen ihn erreichen würden, den Gunz würde er jetzt in Ruhe lassen.

Für Adolf ging, kaum dass das erste Spießrutenlaufen erfolgreich zu Ende gebracht worden war, das Ganze von neuem los. Nachbarn fragten ihn, ob er für die Zeitung Modell gestanden hätte, denn das Bild im ‚Vorarlberger Alpenblick' wäre ihm so ähnlich wie eine Fotografie. Er konnte nur seine Unschuld beteuern und aufmerksam machen, dass eine Gegenüberstellung in der Bank vor zwei Tagen stattgefunden habe und er unschuldig wäre. Die Gesichter der Fragenden ließen trotz alledem ein Misstrauen erkennen. Daran, so schien ihm, mussten er und seine Familie sich gewöhnen.

Die zweite Möglichkeit bestand nur darin, das schöne Haus in dem sie bis dahin glücklich gewohnt hatten, zu verkaufen und aus der Gartenstraße weg zu ziehen. Das wollte er nicht. Er hoffte, dass der Bankräuber bald gefunden würde, und er selbst wollte nach der Tasche, die seiner so ähnlich sah, Ausschau halten und der Polizei, sobald er was bemerkte, Mitteilung machen. Es durfte nicht sein, dass dieser Makel bei ihm, dem ordentlichen Oberbuchhalter der Großmolkerei Dornbach, hängen blieb.

Nachdem er längere Zeit das vor ihm liegende Bild angesehen hatte, rief Kommissar Jabornig seinen jungen Untergebenen zu sich und fragte, als der ins Zimmer trat

„Sagen sie mal, Rümmele, haben Sie wirklich das Bild nach Angaben der Frau Gugele gezeichnet?"

Rümmele wurde leicht unsicher und verteidigte sich, dass er nur nach ihren Angaben gezeichnet habe, er das Zeichnen ja schließlich auch in Kursen der Volkshochschule gelernt habe und das Talent dazu besitze.

„Ich will Sie ja nicht beleidigen lieber Kollege",

beschwichtigte Jabornig freundlich.

Er hatte noch nicht ganz ausgesprochen, als es an der Tür klopfte. Rümmele öffnete und ließ eine junge blonde Frau mit sehr schönen Gesichtszügen eintreten. Sie war, so schätzte er sie ein, höchstens fünfundzwanzig Jahre jung. Sie stellte sich kurz vor und bat den Kommissar, sie einfach bei ihrem Vornamen Lisa zu nennen, es wäre dann einfacher, das was sie auf dem Herzen habe, vorzutragen.

„Na gut, dann lassen Sie bitte auch den Kommissar weg und nennen mich einfach Jabornig",

antwortete der gutaussehende Fünfziger. Sie fing an und erzählte dem Jabornig die ganze Geschichte, das Verhältnis zum Pfarrer, dass sie beide heiraten werden und dass sie vor dieser Liaison, über die man sich ja in Dornbach die Mäuler zerreißen würde, mit einem gewissen Pröll Manfred vom Oberen Dorf zusammen gewesen sei. Dieser wiederum habe dem Pfarrer Fitz gedroht, ihm die Fresse zu polieren, es gebe Zeugen. Ihr Zukünftiger liege jetzt mit einem Schädelhirntrauma im Krankenhaus, weise auch blaue Flecken an den Armen und im Brustbereich auf, und ihr Pfarrer wisse nicht, wie das passiert sei. Der Herr Primarius vom Krankenhaus schließe einen Kampf der stattgefunden haben könne, nicht aus, und

„ich glaube dass der Pröll der Täter ist. Ich möchte daher Anzeige gegen ihn erstatten".

„Na, dann werden wir das mal aufnehmen",

dabei zog er einen blauen Schreibblock aus der Lade und fing an zu schreiben. Als er fertig damit war, las er die Anzeige vor und bat Lisa dort, wo er den Finger hinhielt, zu unterschreiben.

„Werden sie Herr Jabornig dem Pröll meinen Namen nennen?"

fragte sie leicht eingeschüchtert.

„Bei einer Anzeige verfahren wir diskret",

versicherte er ihr, und erleichtert verabschiedete sie sich von dem netten Polizisten. Jetzt würde der Manfred das bekommen, was er schon lange verdient hätte. Leichten Schrittes ging sie bei herrlichem Wetter nach Hause, froh, die Anzeige gemacht zu haben.

Als sie beim Krankenhaus vorbei kam, machte sie einen Schwenker hinein, es war zwar noch Vormittag, und Besuche waren nicht erlaubt um diese Zeit. Trotzdem fragte sie eine Krankenschwester, wie es dem Herrn Fitz heute gesundheitlich gehe und bekam die glückliche Antwort, dass er auf dem Weg der Besserung sei und er sich erstaunlich schnell erhole, jetzt sei aber ein Besuch nicht erlaubt, erst ab 14 Uhr.

„Ich weiß",

meinte Lisa.

Tante Anna konnte sich heute am Mittwoch etwas Zeit lassen und musste nicht so früh ins Pfarrhaus gehen. Ordentlich aufräumen wollte sie und dann in Ruhe die Zeitung lesen. Maßgebliche Leute von der Gemeinde, vor allem einige, die sich für solche hielten, musste sie von dem Vorfall verständigen, der Kirchenbetrieb musste ja weiter geführt werden. Die Leute, die sie verständigt hatte, waren bereits seit Sonntag im Bilde und hatten bereits Schritte unternommen. Ein Kapuzinermönch vom Kloster in Dornbach hatte sich bereit erklärt, die Heilige Messe zu lesen und das Sakrament der Heiligen Kommunion an die Gläubigen weiter zu geben. Als Gegenleistung bat er um die Kollekte für seine armen Brüder im Kloster. Viel kam bei den zurückhaltenden Dornbachern sowieso nicht in den Klingelbeutel. Lieber wurde gebetet als gespendet bei dem Alemannischen Volksstamm.

Mittags wollte sie die Post abwarten und dann ins Krankenhaus. Als es so weit war und die Uhr schon 13 Uhr anzeigte, hörte sie, wie in den Postkasten Briefe eingeworfen wurden und sah danach. Ein mit einem kirchlichen Wappen geschmückter Brief mit Poststempel Innsbruck war dabei. Sie sah näher hin und stellte fest, dass der Absender für Jakob bestimmt wichtig sein musste, denn er war vom Bistum Innsbruck. Das traf sich gut, dieses Schreiben werde ich heute mit ins Spital nehmen, dachte sie.

Als sie Ordnung geschafft hatte, es war dringend nötig gewesen, da durch den Unfall alles in den Hintergrund gedrängt worden war, machte sie sich im Badezimmer hübsch und nahm die Briefe in ihre Handtasche, um sie ihrem Neffen ins Krankenhaus zu bringen. Als sie in sein Krankenzimmer trat, waren Lisa und die Eltern von Jakob schon anwesend. Sein Bruder, wie sie erfuhr, wollte später dazukommen, er hatte noch zu tun.

Jetzt war Leben im Zimmer, und Fragen strömten auf Jakob ein. Seine Erinnerung war unverändert stabil, nur an das, wie sein Unfall passiert war, konnte er sich nicht erinnern. Er wusste auch, dass er noch vor ein paar Tagen ans Bistum geschrieben hatte und war erfreut, als Tante Anna ihm das Antwortschreiben überreichte. Auf den Bischof war Verlass, der hatte schnell geantwortet.

Als er die Zeilen gelesen hatte, gab er den Brief den Anwesenden auch zum Lesen und die meinten einhellig, dass sich das bestimmt regeln lassen werde.

„Es muss eine Lösung geben",

wandte er sich Lisa zu,

„denn wir ziehen das durch, egal wie es ausgeht".

Professor Heinzinger kam ins Zimmer, um nach seinem Patienten zu sehen und erklärte:

„ich glaube, wenn die Gesundung so weiter geht, kann ich den Patienten in einer Woche entlassen. Vielleicht kommt dann, wenn er die häusliche Umgebung vor sich hat, der Rest der Erinnerung zurück".

Der Brief, den Manfred Pröll in Händen hielt, verunsicherte ihn. Er war blau umrandet und hatte rückwärts das Wappen der Stadt Dornbach aufgedruckt. Darunter war zu lesen ‚Stadtpolizei'. Als er ihn zitternd aufriss und entfaltete, waren die ersten Worte, die er sah: ‚Aufforderung zur Anhörung in der Sache Jakob Fitz'.

Wie war das möglich?

Ihn hatte doch niemand gesehen, wie er die Auseinandersetzung mit diesem Kirchenschwein gehabt hatte. Gut, er hatte ihn dabei an der Schulter und den Armen etwas stärker als normal angefasst, aber keine Gewalt angewendet. Dann, während der hitzigen Debatte und heftigem Schütteln fiel sein Rivale plötzlich mit lautem Knall auf den Hinterkopf und blieb wie tot liegen. Das war wie im Boxring bei einem technischen K.O. Er hatte sich noch nach ihm gebückt, bemerkt dass er atmete und fluchtartig die Sakristei verlassen. Man konnte ihm höchstens ‚Unterlassene Hilfeleistung' vorwerfen. Wenn er ehrlich zu sich selbst war, wollte er dem Fitz auch nicht helfen, der Hass war zu groß.

Freitag, der 23. Juni 14 Uhr war sein festgelegter Termin. Unterzeichnet war das Schreiben mit ‚Jabornig'.

Nun musste er sich eine Strategie ausdenken. Hatte ihn überhaupt wer in der Kirche am vergangenen Sonntag gesehen? Aufgefallen war er vielleicht schon, allein durch seine Statur und weil er nicht zu den Kirchenbesuchern von Sankt Martin zählte. Wenn er überhaupt eine Kirche aufsuchte, so im Oberen Dorf, das war sein Stadtbezirk. Vielleicht hatte ihn Lisa in der Kirchenbank gesehen, denn sie war ihm auch nicht entgangen. Sie war schuld an der ganzen Misere.

Zuvor, als er Jakob auf der Kanzel gesehen hatte und gehört hatte, wie er zu den Gläubigen sprach und von seiner Liebe zu einer Frau aus seiner Kirchengemeinde erzählte, regten sich in Manfred menschliche Gefühle – er wusste genau, dass es sich nur um Lisa handeln konnte. Ein Blick nach links, wo die Frauen saßen, genügte ihm, um wieder Hass aufsteigen zu lassen. Schuld war nur ihr Anblick.

Nun überlegte er, wer ihn wohl beim Verlassen der Kirche gesehen haben könnte. Als er zum Ausgang ging, waren die letzten Personen nicht mehr in der Heiligen Halle. Draußen auf dem Marktplatz beim Brunnen waren noch vereinzelt kleine Gruppen beieinander gestanden und hatten sich unterhalten. Er kannte Niemanden davon, nur wusste er nicht, ob er der durch seine Kämpfe im Ring einen gewissen Bekanntheitsgrad besaß und deshalb erkannt worden war. Dies schloss er zuletzt doch aus, denn niemand hatte gegrüßt oder ihm zugenickt, als er an den Stehenden vorbei gegangen war.

Wenn er am Freitag zu dem angesetzten Termin gehen würde, so sagte er sich, „werde ich alles, was man mir vielleicht anlasten will, abstreiten. Daran werde ich mich halten. Ich war am Sonntag unpässlich, zu Hause".

Zwei lange Tage und Nächte kam er nicht zur Ruhe. Träume plagten ihn, und er wünschte sich den Freitag heran.

Gut gekleidet erschien er pünktlich beim Polizeirevier zu seiner Vorladung. Jabornig war in Dienstuniform gekleidet, drehte an seinem Bleistift und bat den Manfred sich doch zu setzen.

„Sie wissen, weshalb wir Sie vorgeladen haben?".

Der stellte sich unwissend und fragte, ob er vielleicht mit seinem Auto falsch geparkt habe oder womöglich einen Radfahrer zu Fall gebracht hätte.

„Nein, nein, wir vermuten, dass Sie, lieber Herr Pröll, Ihren verhassten Pfarrer von Sankt Martin krankenhausreif geschlagen oder ähnliches mit ihm angestellt haben, gegen Sie ist Anzeige erstattet worden".

„Das ist ja lächerlich",

meinte Manfred mit verzerrtem Lachen.

„Ihnen wird das Lachen schon noch vergehen, der gute Mann liegt nämlich im Krankenhaus mit einem Schädelhirntrauma".

„Am letzten Sonntag ging es mir nicht gut, und ich war den ganzen Tag zu Hause",

verteidigte sich Herr Pröll.

„Komisch, ich habe kein Wort gesagt, wann das passiert ist, und Sie antworten gleich und erwähnen den Sonntag".

Da hatte er einen großen Fehler begangen, dachte Pröll.

„Geben Sie doch zu, dass Sie Streit hatten mit Ihrem Rivalen, der Ihnen Ihre Braut weggenommen hat, kann schon passieren, dass es dann zu einem Handgemenge kommt, ist menschlich".

„Ich habe es Ihnen doch schon zu Anfang gesagt, ich war zu Hause, mir ging es nicht gut".

„Ihnen wird es nicht gut gehen, wenn Sie weiterhin sich so verhalten, denn dann lasse ich Sie auf der Stelle einsperren und wenn es auch nur für ein paar Tage sein darf. Sie werden reden, glauben sie mir".

Pröll verlor seine Fassung und schrie den Kommissar an, dass er unschuldig wäre, da es nur ein Unfall gewesen sei.

„Na also, jetzt geben Sie wenigstens etwas zu",

konstatierte Jabornig.

„Mein Fehler war nur, dass ich ihm nicht gleich geholfen habe".

Dann wäre es unterlassene Hilfeleistung, auch schlimm und die Zuständigkeit für das Bezirksgericht in Feldkirch, gab der Inspektor mit ernstem Gesichtsausdruck zu verstehen.

„Jetzt erzählen Sie mal genau, wie es passiert ist, damit wir ein Protokoll aufnehmen können", und Pröll hustete nervös, bevor er zu sprechen begann.

„Rümmele!"

schrie der Chef und der junge Polizist mit den langen schwarzen Haaren trat ein.

„Rümmele, notieren Sie mit, was der Herr hier zu Protokoll gibt, aus freien Stücken und ohne Gewaltanwendung".

Rümmele setzte sich neben den Kommissar und schrieb flink und trotzdem gut leserlich alles auf das Papier, was er jetzt zu hören bekam. Er staunte dabei, denn dass aus Liebe so viel Hass werden konnte, war ihm nicht bewusst, er war dazu noch zu jung.

„Hier unterschreiben Sie das Geständnis!"

forderte Jabornig sein Gegenüber auf.

„Über das Strafmaß werden Sie rechtzeitig unterrichtet, vielleicht kommt es zu einer Verhandlung bei Gericht. Das entscheiden nicht wir. Auf nicht-wieder-sehen, Herr Pröll".

Heinz Walther hatte seine Tasche mit den auffallenden Henkeln entsorgt und die Pistole weggeworfen, als er zu Hause rechtzeitig ankam. Nun wollte er mit seiner Familie den Nachmittag genießen und einen Ausflug in den Bregenzer Wald unternehmen.

In Bregenz stiegen sie ins ‚Wälderbähnle', ein von einer kleinen Dampflokomotive gezogener Zug. In langsamer Fahrt ging es nach Bezau, vorbei an Wäldern und Wiesen, die vom dunklen Rauch und Dampf an manchen Stellen rußgeschwärzt waren. Bezau war ein Ort, der Erinnerungen an die Nachkriegszeit weckte.

Dort hatten sie über den Tauschhandel eine Familie kennengelernt, die sich auf den Schwarzmarkt spezialisiert hatte. Die Familie Walther hatte damals, um halbwegs über die Runden zu kommen, einen Großteil ihrer Aussteuer billig abgeben müssen, um an ein wenig Butter und Speck zu kommen. Nun besuchten sie diese Familie, die sich durch den Schwarzhandel bereichert hatte. ‚Brogers' freuten sich immer über den Besuch und luden zu einer guten Jause ein.

Hinter ihrem Bregenzerwälderhaus hatten sie einen Teich mit durchfließendem Wasser angelegt, in dem Forellen schwammen. Das Haus der Brogers wirkte, wie alle Häuser im Bregenzerwald, nicht einladend. Der Baustil passte zu der dortigen Bevölkerung. Auch die dunklen Trachten, die von den Frauen getragen wurden, und die strengen Häubchen auf dem Kopf wirkten etwas unheimlich. So fühlten sich die zwei Buben der Walthers bei dem Anblick nicht wohl und waren erleichtert, als ihr Vater bat, man möge ihm noch fünf Forellen fischen, die er mitnehmen wolle. Das würde ein gutes Abendessen heute werden, wenn sie wieder zu Hause waren.

Bei der Heimfahrt gab Heinz zu verstehen, er habe vor, so einen modernen Fernseher zu kaufen, wie man ihn jetzt immer öfter in Radiogeschäften zu sehen bekäme, das könnten sie sich auch leisten bei dem guten Verkauf der Farben. Seine Frau hatte jetzt zu tun in der Küche, und er ging ins Arbeitszimmer, nahm das viele Geld, steckte es in ein großes braunes Kuvert und ging damit in den Keller. Dort nahm er einen Schuhkarton, in dem die Winterschuhe lagerten und legte das Geld zu unterst hinein, verschloss den Deckel mit Klebestreifen und stellte ihn wieder ins Regal. In den Aktenordner, der sich in seinem Schreibtisch befand, legte er ein Kuvert mit einem zuvor beschriebenen Blatt Papier: „Gespartes Geld liegt im Schuhkarton im Keller", klebte es zu und schrieb auf den Umschlag: „Nur nach meinem Tod öffnen". Hier im Abstellkeller würde man nie nach Geld suchen, egal was passierte.

Die Zeitung ‚Vorarlberger Alpenblick' lag immer noch ungelesen auf dem Tisch. es gierte ihn danach, einen Blick darauf zu werfen. Er zeigte das Porträt auf der ersten Seite seiner Frau und sagte lachend, dass man immer noch nach dem Täter des Überfalls suche. Als beide das Bild betrachteten, stellten sie fest, dass Niemand, den sie kannten, mit diesem Bild Ähnlichkeit hatte. Es zeigte ein Männergesicht mit abstehenden Ohren, fliehendem Kinn und streng nach hinten gekämmten blonden Haaren.

Der Direktor des geldgebenden Bankhauses empfing ihn sehr freundlich, trotzdem war aus seinen Worten heraus zu hören, dass die Geldforderung an Herrn Walther konkrete Züge angenommen hatte und die Bank nicht mehr länger warten hätte können.

„ich hab Ihnen das letzte Mal bei Ihrem Besuch erklärt, dass wir eine Verpflichtung gegenüber unseren Kunden haben, das uns anvertraute Geld gut zu verwalten".

Ob dies immer so stimmte, wie der Herr Direktor meinte, war eine andere Sache, dachte Heinz.

„Meine Geschäfte laufen wieder besser und ich würde Sie bitten, mir die Möglichkeit zu geben, heute die Hälfte des ausstehenden Betrages zahlen zu dürfen und die restliche Hälfte des Geldes Ende Juli, Anfang August".

Der Direktor schaute Herrn Heinz Walther lange prüfend an und rechnete vor:

„Das wären, Verzugszinsen mit eingerechnet, momentan 17.000 Schilling und in einem Monat noch mal dieselbe Summe. Können Sie mir garantieren, dass Sie diesen Plan einhalten können? Was, wenn Ihre Geschäfte nicht mehr so gut laufen?"

Darauf kam die Antwort:

„Wozu hat man Freunde!"

Der Direktor lächelte vor sich hin und war mit dem Vorschlag einverstanden. Heinz zog ein Kuvert aus seinem Anzugoberteil, nahm das Geld heraus und zählte es. Es war genau die Summe, die er sich vorgenommen hatte, als erste Rate zu bezahlen. Der Direktor quittierte den Betrag und flötete, dass er weiterhin gerne mit dem Herrn Walther in Geschäftsverbindung bleiben wolle.

Erleichtert verließ Heinz die Bank. Er hätte natürlich heute auch die komplette Summe bezahlen können, das hätte sich bei ihm kaum bemerkbar gemacht, aber Vorsicht war geboten, es durfte kein Verdacht aufkommen, denn die Tat war noch immer in vieler Munde. Als er vor dem fertig gestellten Rohbau seines Einfamilienhauses stand, stellte er fest, dass die Ziegelmauern gut getrocknet waren und nun der Rest, der Innenausbau fortgeführt werden konnte. in einem Jahr, so rechnete er sich aus, können wir dann einziehen, und trotzdem bleibt noch Geld übrig.

„Wozu hat man Freunde",

sagte er vor sich hin, und ein glückliches Lachen entrang sich seiner Kehle.

Adolf und Ilse Gunz kämpften gegen Windmühlen an. Selbst der kleine rundliche Michi wurde von den Kindern im Kindergarten gehänselt, weil sein Papa berühmt sei und in der Zeitung abgebildet, meinten die Kleinen. Es war Neid auf den berühmten Papa. Adolf und seine Familie hielten den Druck, der auf ihnen unbegründet lastete, nicht mehr aus, und so schlug Adolf vor, dass nur eine Gegenüberstellung mit der Haushälterin im Pfarrhaus Ruhe für ihn und seine Familie schaffen könne.

Er setzte sich mit Herrn Jabornig in Verbindung, und sie fuhren miteinander ins Pfarrhaus. Als Frau Gugele die zwei Herren sah, ließ sie die beiden eintreten und fragte nach ihrem Ansinnen. Der Herr Pfarrer würde erst am kommenden Montag aus dem Krankenhaus entlassen werden, meinte sie.

„Frau Gugele, wir kommen nicht wegen Ihrem Neffen, dem Herrn Fitz, wir kommen, äh, ich wollte Sie fragen, kennen Sie diesen Mann?"

Dabei zeigte er auf Herrn Gunz. Anna schüttelte den Kopf und verneinte, sie habe diesen Herrn, glaube sie, einmal gesehen, als sie Käse in der Großmolkerei im Angebot gekauft habe. Mit Bestimmtheit könne sie das aber nicht sagen.

„Gut, das war's dann auch schon",

verabschiedete sich der Inspektor. Zurück blieb eine nachdenkliche Frau, die nicht wusste, weshalb diese zwei Herren sie aufgesucht hatten. Eine Gegenüberstellung war dem Gunz zu wenig, und er verlangte von Herrn Jabornig, dass er eine Art Steckbrief anfertigen lassen müsse, auf dem geschrieben stand, dass eine Gegenüberstellung stattgefunden habe und er, Adolf Gunz, Opfer einer Verwechslung geworden wäre.

„Wie stellen Sie sich das vor, das genehmigt mir die Stadtkasse auf keinen Fall, Sie kennen doch die Dornbacher, Sie sind ja selbst einer, das kostet Geld".

Dann würde er es aus eigener Tasche bezahlen, es würde ja genügen, wenn man einhundert Blätter drucken würde. Die müssten über die Post in der Gartenstraße in jeden Briefkasten geworfen werden und der Rest in der näheren Umgebung im ‚Unteren Dorf', wo man ihn und seine Familie kenne. Er wolle nun endlich Ruhe haben und als angesehener Bürger weiter leben dürfen.

Selbst der Rolf, habe er das Gefühl, würde anfangen sich eigenartig zu verhalten. Er belle nicht mehr so viel und würde sich benehmen, wie wenn er sich schämen täte. Diese Aussage genügte nun aber doch, und Herr Jabornig versprach, die Aktion in Angriff zu nehmen. Er hatte dem guten Mann schon genug angetan, das wollte er nun wieder gut machen. Es war halt nicht leicht als Polizist, es allen recht zu machen, den Ordentlichen wie den Gesetzesbrechern.

Jakob konnte es kaum erwarten, aus dem Krankenhaus entlassen zu werden. Er hatte viel zu erledigen, musste sich mit Bischof Körner treffen, davor einen Termin mit demselben machen. Auch wollte er seine Geliebte endlich in die Arme schließen. Primarius Heinzinger war am Freitag zu seinem Bett getreten und hatte ihm die Entlassung für Montag angekündigt. Seine strengen Worte ließen durchblicken, dass er sich zu noch auszumachenden Terminen bei ihm melden müsse, um seinen Zustand, der immer noch Fragen offen ließ, zu erörtern.

Arm in Arm hatten sie das Krankenhaus verlassen und waren auf dem Weg zum Pfarrhaus. Tante Anna hatte viel zu tun, denn sie wollte den zweien ein Festmahl zubereiten. Als sie die Markt-straße entlang der Geschäfte gingen und das Pfarrhaus erblick-ten, hörten sie von weitem Blasmusik.

Die Überraschung war groß, denn direkt vor der Kirche hatte die Stadtkapelle Dornbach Aufstellung bezogen und spielte zu sei-ner Begrüßung kirchliche Lieder und Märsche. Es hörte sich gut an, denn diese Kapelle hatte bei Wettbewerben, die überall im Ländle stattfanden, Preise erspielt.

Jakob bedankte sich beim Dirigenten für den herzlichen lauten Empfang, Lisa blieb bei ihm, eingehängt an seinem Arm, stehen, denn es war kein Geheimnis mehr, dass sie vorhatten ein bür-gerliches Leben zu führen. Jetzt war die beste Gelegenheit, zu dem Entschluss zu stehen. Jakob lud die Musiker in den gegen-überliegenden ‚Hirschen' zu einem Gulasch und Getränken ein, obwohl er, wie er dachte, nicht reich begütert sei. Die Musiker nahmen dankend an.

Im Pfarrhaus machten Tante Anna, Lisa und er es sich bei gutem Essen gemütlich und Tante Anna erklärte, dass sie jetzt ihre Pflicht getan habe und heimwärts gehe. Jakob und Lisa hatten nichts dagegen.

„Heute bleibe ich bei dir, jemand muss auf dich aufpassen",

meinte sie.

„Bevor wir zum gemütlichen Teil des Tages kommen, werde ich versuchen, Bischof Körner zu erreichen und einen Termin für In-nsbruck ausmachen".

Sie ging in die gemütliche Stube und er telefonierte. Es dauerte nicht lange, und er hatte seinen Vorgesetzten Bischof am Appa-rat.

„Auf Ihren Anruf warte ich schon die längste Zeit",

kam aus dem Hörer,

„wo steckten sie denn?".

Jaki wunderte sich, dass der Bischof über seinen Zustand nicht informiert war, vielleicht tat er auch nur so, man konnte das nicht so genau wissen.

„Exzellenz, ich war im Krankenhaus für ein paar Tage",

erwiderte Jakob. Am anderen Ende der Leitung klang es verwundert

„das müssen Sie mir alles erzählen wenn wir uns treffen".

Deshalb würde er, Jakob, anrufen. Wann es Hochwürden denn recht wäre, ihn zu empfangen, wollte Jakob wissen.

„Warten Sie mal, Sie Sünder",

es entstand eine längere Pause,

„mein Terminkalender lässt jeden Tag zu, außer kommenden Freitag",

kam die Antwort.

„Exzellenz, dann werde ich am Mittwoch, in zwei Tagen, mir erlauben bei Ihnen zu erscheinen".

„Das passt, sagen wir, so um 15 Uhr herum?"

„Die Uhrzeit wäre gut",

sagte Pfarrer Jakob.

Mit einem „Gott segne Sie"

legte Bischof Körner den Telefonhörer auf die Gabel. Der kann was erleben, waren seine letzten Gedanken.

Prof. Dr. Primarius Heinzinger hatte schlechte Laune. Selbst seine junge Süße konnte seinem Gesicht kein Lächeln entlocken.

Sein Schreibtisch war mit medizinischen Fachbüchern und Schriften bis zur Gänze bedeckt. Sein scharfer Blick – noch schärfer wirkend durch die strenge Brille, die sein braun getöntes Gesicht zierte – war auf ein Buch ausgerichtet mit dem Titel ‚Schädel-Hirn-Trauma', Herausgeber Prof. Dr. Dr. Hirschberg. Er blätterte in dem Fachbuch und stellte fest, dass Studien ergeben hatten, dass bei einem Schädelhirntrauma der Stufe eins nie nennenswerte Folgeschäden zurück blieben, wie es beim Patienten Pfarrer Fitz der Fall war. Dieser Patient behauptete, Erinnerungslücken zu haben, sich an vieles nicht zu erinnern, trotzdem erkannte er alle seine Bekannten mit Namen.

Zu der jungen hübschen Dame hatte er, so schien es, ein besonders gutes Verhältnis zu haben, denn sie küssten sich innig, und das trotz seines Standes. Der Chefarzt hatte keine andere Möglichkeit gesehen, er musste diesen Patienten entlassen. Der wiederum musste ihm versprechen, jede Woche zu einer Untersuchung mit anschließendem Gespräch zu erscheinen.

Der Handel war nicht schlecht, denn so konnte man die neu angeschafften Röntgenapparate auch halbwegs nutzen und der Stadt Dornbach beweisen, dass die Anschaffung nicht sinnlos gewesen ist. Sein Honorar, das ihm noch zusätzlich zufiel, war auch nicht zu vergessen. Eine junge Frau kostet schließlich auch Geld, und die Scheidung von der ersten lag ihm auch noch schwer am Geldbeutel.

Die Bettenauslastung war heuer sowieso zu gering, es gab zu wenige Oberschenkelhalsbrüche und Hüften zu operieren. Dabei hatte Dr. Heinzinger sämtliche Warnschilder, die bis zu seinem Antritt im Krankenhaus angebracht waren, entfernen lassen. Darauf stand nämlich ‚Achtung Rutschgefahr!'. Was für ein Trottel hatte solch gewinnminderndes anbringen lassen, wo man doch gerade durch die kleinen Unfälle zusätzliche Einnahmen hatte. Dr. Heinzingers Spezialgebiet war ja die Orthopädie, und da wollte er verdienen. Er hatte einen gut dotierten Vertrag mit extra Zusatzzahlungen mit der Stadt Dornbach ausgehandelt und freute sich über jede Knochenverletzung, egal ob am Kopf oder Bein.

Er strengte sich auch sehr an und hatte bei der Heilung der Patienten gute Erfolge erzielt, was man ihm, dem Chefarzt, zu gute halten musste. Als er Herrn Fitz die Entlassungspapiere in die Hand gedrückt hatte, stellte er ihm in Aussicht, dass höchstwahrscheinlich die Erinnerung Stück für Stück komplett zurückkehren werde, wenn er sich bemühe. Der versprach, die Termine einzuhalten und an sich zu arbeiten, weil er selbst gerne wüsste, wie das alles passiert sei.

Jakob konnte es kaum erwarten und fieberte dem Mittwoch entgegen. Sie hatten beschlossen, das Treffen mit dem Bischof gleichzeitig mit einem Ausflug zu verbinden, denn Lisa war noch nie in Innsbruck gewesen, und so traf sich das gut. Sie wollte sich in der Stadt, vor allem in der Fußgängerzone umsehen und in einem Kaffeehaus auf Jakob warten. Er war sehr froh darüber, dass Lisa ihm Gesellschaft leistete, denn das brachte ihn ein wenig von den düsteren Gedanken ab. Jakob wusste ja nicht, wie man im Bistum reagieren würde, und für ihn gab as kein Zurück mehr. Sie waren beide entschlossen, denn sie liebten sich und waren glücklich miteinander, trotz der verworrenen Situation, in der sich die beiden nun schon länger befanden. Sie hatten ausgemacht, mit dem Zug um zehn Uhr nach Innsbruck zu fahren und wollten sich am Bahnhof zehn Minuten früher treffen.

An diesem Mittwoch hatte er zu Tante Anna gesagt, sie müsse nicht kommen, da er sowieso den ganzen Tag nicht im Pfarrhaus sei. Jakob nahm den schönen dunklen Anzug mit dem kleinen Kreuzanstecker aus dem Schrank und schlüpfte hinein. Als er sich im Spiegel angezogen ansah, stellte er fest, dass er noch etwas schlanker geworden war, wie vor dem Krankenhausaufenthalt, was ihm aber gefiel. Er sah sehr gut aus. Das Sakko spannte ein wenig an der Brust, und er spürte, dass in den Brusttaschen etwas steckte.

Als er hineingriff, hatte er zwei Kuverts in der Hand die prall gefüllt waren mit Geldscheinen. Ihm wurde heiß und kalt, und er wusste nicht, wie dieses Geld – in einem Kuvert waren 50.000 Schweizer Franken und im anderen 40.000 Schilling – in seinen Anzug kamen. Das ganze Nachdenken half nichts, der Kirchengemeinde konnte das Geld auch nicht gehören, denn, soviel wusste er, da gab es extra einen Beirat für die Verwaltung.

Bald würde er sich ja mit Lisa treffen, und dann könnten sie miteinander beraten wie sie vorgehen wollten. Sicherheitshalber versteckte er die zwei Kuverts hinter Büchern, nahm eintausend Schilling davon weg, das war für ihn viel Geld, das er da mitnahm in seiner Geldtasche. Damit konnten sie einen schönen sorgenfreien Tag in Innsbruck verbringen und übernachten. Dann blieb immer noch genug übrig.

Seine Freundin wartete schon am Dornbacher Bahnhof, als sie ihren Jaki mit strahlendem Gesicht kommen sah.

„Hallo, mein Lieber, so strahlend habe ich dich schon lange nicht mehr gesehen, obwohl du einen schweren Gang vor dir hast".

Er lachte nur und zeigte seine schönen weißen Zähne dabei.

„Wenn ich dir, meine Liebe, erzählen werde, was ich heute entdeckt habe, während ich mich anzog, bin ich überzeugt, dass du auch strahlen wirst. Ich glaube Gott meint es mit uns gut".

Sie wurde neugierig und fragte, was denn vorgefallen wäre, und er gab zurück, dass sie sich noch ein wenig gedulden müsse, erst wenn sie im Zug säßen, würde er ihr erzählen, was in ihm so viel Freude ausgelöst hätte. Lisa konnte die paar Minuten kaum erwarten, endlich hörte man die Lokomotive mit lautem Geräusch herannahen. Als der Zug in Innsbruck eingefahren war, hatte er ihr alles erzählt. Lisa konnte es nicht glauben, dass dieses Geld ehrliches war und drängte ihn, zu versuchen die Erinnerung wieder zu finden. Jakob strengte sich auch an, konnte aber wie die Tage zuvor keine Zusammenhänge finden.

„Wir lassen einfach Zeit verstreichen und warten ab, was passiert".

Dem widersprach sie nicht, meinte, dass man halt in alle Richtungen Erkundigungen einholen sollte und vielleicht dadurch einen Hinweis bekäme, wie das Geld den Weg zu ihm gefunden habe.

„Jetzt können wir mal froh sein, dass uns das Schicksal so viele Schweizer Franken geschenkt hat, für einen Neuanfang konnte uns nichts Besseres passieren".

Er war Realist.

Sie schlenderten vergnügt durch die Einkaufsstraßen von Innsbruck und machten einen Treffpunkt aus. Er hoffte, in spätestens drei Stunden die Angelegenheit hinter sich gebracht zu haben. Als Jakob das Palais, den Bischofssitz, von weitem sah, wurde ihm etwas schwer ums Herz, und sein Schritt verlangsamte sich zunehmend. Jetzt hieß es, standhaft zu bleiben und nicht abzuweichen von dem Vorsatz. Als er die Räumlichkeiten durchschritt, den Prunk sah, die wertvollen Bilder und Teppiche, kam leichter Hass in ihm auf und der Gedanke, ob das, was er hier alles sah, im Sinne von Jesus gewesen wäre. Das war es bestimmt nicht.

Er wurde angemeldet, und Bischof Körner empfing ihn mit ernstem Gesicht und bat ihn, Platz zu nehmen.

„Wir brauchen nicht lange um den heißen Brei herum zu reden, Sie haben angedeutet, das Priesteramt aufzugeben und mit Ihrer Geliebten ein bürgerliches Leben zu führen".

Jakob bejahte das:

„Ich bin fest entschlossen dazu und bitte Sie um formale Dispens, da ich nicht bereit bin weiter zölibatär zu leben, was ich ja schon länger nicht mehr tat. Ich glaube, der liebe Gott wird Verständnis dafür aufbringen, so schätze ich ihn ein".

Körner blickte streng:

„Wir hatten diesbezüglich schon in früheren Zeiten miteinander das Vergnügen, und ich schlug Ihnen, wenn ich mich zurück erinnern will, vor, in Mission nach Afrika zu gehen",

Die Gespräche wurden noch eine lange Stunde fortgesetzt, und Bischof Körner wusste, dass Herr Fitz nicht zu bewegen war. Der war fest entschlossen, abtrünnig zu werden.

„Herr Fitz, ich werde Ihrem Wunsch nicht widersprechen, denn was nützt der katholischen Kirche ein Pfarrer, der nicht mit vollem Herzen zu seiner Berufung steht, die Angelegenheit wird weitergeleitet, wir können Sie nicht in Handfesseln zum Altar führen, dieses Amt muss aus freien Stücken geleistet werden".

„Wissen Sie, lieber Bischof, ich wäre gerne Priester geblieben, wenn ich nicht zölibatär leben müsste und ich würde auch gerne nach meinem Ausscheiden gerne eine seelsorgerische Tätigkeit fortsetzen, wenn die Kirche es mir erlaubt".

Nach einer längeren Pause des Schweigens schlug Bischof Körner vor, er werde versuchen, Jakob als Privatmann behilflich zu sein, eine Tätigkeit zu finden, die er wohl aufnehmen müsse, um einen Haushalt zu ernähren.

„Trauzeuge bei Ihrer Hochzeit kann ich nicht sein, wünsche Ihnen trotzdem viel Glück für die Zukunft",

meinte er.

„Üben Sie bitte noch die nächsten Wochen Ihr Amt in Dornbach aus, bis Sie von mir hören.".

Jakob bedankte sich für so viel Verständnis, und mit einem herzlichen

„Gott segne Sie"

wurde Jakob Fitz entlassen.

Sie trafen sich im Kaffeehausgarten bei der Pestsäule, und Lisa war neugierig, wie es Jakob ergangen war. Als er sie von weitem bei einem Kaffee sitzen sah, so hübsch wie sie aussah, wusste er, dass er diesen Schritt nie bereuen würde. Das sagte er ihr auch in glühenden Worten.

„Es ist prima gelaufen, meine Liebe, und bald können wir uns frei bewegen".

Dann erzählte er ihr, wie die Gespräche bei Bischof Körner gewesen waren. Den Rest des Tages verbrachten sie zusammen in bester Laune, suchten sich ein schönes Gasthaus mit Fremdenzimmer und buchten für eine Nacht ein Zimmer.

Als Jakob den Meldezettel ausfüllen musste, schaute ihn die Wirtin scharf an, denn er war bei näherem Hinsehen als katholischer Pfarrer erkennbar. Er bemerkte es und erklärte mit einem Seitenblick auf Lisa:

„diese junge schöne Frau ist meine Schwester",

und die Wirtin nickte amüsiert und sagte lächelnd:

„Dacht' ich mir".

Bei einem guten Essen im Hotel Schwarzer Adler verbrachten sie eine schöne Zeit, und zu bereden gab es mehr als genug.

Als sie glücklich eng beieinander sitzend im Zug nach Dornbach zurück fuhren, sinnierte Jakob:

„weißt du was, meine liebe Lisa, wir werden den alten Wieser aufsuchen, bin auf seine Meinung und seinen Ratschlag betreffs des Geldes gespannt".

Der Dornbacher Alltag hatte die beiden wieder. Lisa ging in die Kanzlei, und ihr Chef freute sich, als er sie so glücklich sah.

„Ich freu mich für euch, und wenn ich etwas für euch tun kann, lass es mich wissen".

So ein verständnisvoller Mann, und dazu noch ein Dornbacher, das war nicht alltäglich. Jakob musste einen Termin bei Primarius Heinzinger wahrnehmen, und der konnte und wollte es einfach nicht glauben, dass der Gedächtnisverlust so lange anhalten konnte. Er überschüttete Jakob mit medizinischen Begriffen und Vermutungen, was bei diesem, seinem Patienten, den Verlust des Gedächtnisses ausgelöst haben könnte. ‚intracerebrale Blutung' kam in seinem Wortschatz sehr oft vor.

„Vielleicht können Sie mir die medizinischen Begriffe in meiner Muttersprache erklären",

bat Jakob, und der Prof. wäre dabei beinahe in Schwierigkeiten geraten. Nun erklärte er dem Pfarrer, dass man darunter eine leichte Hirnblutung meine, die meist nach ein paar Tagen ohne Folgen bleibe, bei ihm, Herrn Fitz, wie man sehe, aber nicht.

„Sie müssen sich anstrengen und versuchen, die Tage vor Ihrem Unfall zu durchlaufen und dabei an den Sonntag immer näher heran zu kommen".

Jakob versicherte, dass er dies immer versuche, da es so viel Ungeklärtes gebe, und der braun gebrannte Primarius wies nach der Sitzung darauf hin, dass er noch einen Krankenschein benötige, um mit der Vorarlberger Gebietskrankenkasse abrechnen zu können.

„Den bringe ich Ihnen nächste Woche zum Termin vorbei".

Der Primarius nickte und mahnte:

„Bitte nicht vergessen, ich mache das alles nicht nur zum Vergnügen, ich hab eine anspruchsvolle junge, sehr junge Frau", und dabei lachte er. Es sollte ein Witz sein, der ihm nicht recht gelang.

Der Briefträger Ernst Hämmerle hatte nun wirklich großes Pech. Er wurde zu seinem Vorgesetzten gerufen, und der teilte ihm mit, dass sein Kollege, mit dem er die Bezirke getauscht hätte, sich krank gemeldet habe und er ihm für die nächsten Tage jenen Bezirk mit der Gartenstraße zuordnen müsse.

„Es ist dies nur für ein paar Tage, und Sie bekommen dafür natürlich auch die Überstunden bezahlt, bei Ihrem Gehalt ja nicht schlecht".

Was blieb ihm übrig? Schon als Kind, als er die Schulbank gedrückt hatte und nicht der allerbeste Schüler gewesen war, hatte ihn seine Mutter immer gewarnt:

„wenn du nicht fleißig lernst, kannst du nur Straßenkehrer oder Briefträger werden".

Damals hatte er über ihre Warnung nur lachen können, und nun war es doch Wirklichkeit geworden. So eine Scheiße, dachte er. Als er nun die Gartenstraße entlang fuhr, den Schlaglöchern ausweichend, hätte er beinahe einen Mann mit großer Henkeltasche übersehen und über den Haufen gefahren.

Herr Gunz hatte heute früh einen Arzttermin wahrgenommen und, nachdem er noch mal nach Hause zurückgekehrt war, fragte ihn seine Frau, was denn der Doktor meine. Er antwortete ihr, dass er morgens und abends ‚Valium' einnehmen müsse, damit seine Schlafstörungen und das Zucken im Gesicht besser werden. Er leide an einer nervösen Nervenschwäche, hervorgerufen durch Stress.

„Dein Job in der Molkerei ist doch nicht besonders anstrengend", behauptete Ilse.

„Das nicht, aber diese Blicke und dieses heimliche Tuscheln halte ich nicht mehr aus, ich könnte diesen Hämmerle, ohne mit der Wimper zu zucken, umbringen, wenn ich dabei straffrei ausgehen würde".

Ausgerechnet jetzt kam der mit seinem Fahrrad daher und hätte ihn beinahe umgefahren. Dem Hämmerle ging es ähnlich, und er wäre auch froh gewesen, wenn es den Gunz nicht mehr gegeben hätte, aber nur mit dem Fahrrad ihn umzustoßen, das genügte nicht, und so konnte er gerade noch ausweichen. Gunz schrie ihn an und warf ihm beleidigende Worte entgegen, dass er seinen Rolf jetzt abrichten und frei herumlaufen lassen werde, um ihn anzuspringen und, und, und...

„Das geht ganz einfach, denn Rolf hat mehr Verstand als Sie, Sie Denunziant, der Sie mein Leben zerstört haben!"

Die Post und dergleichen konnte Ernst nicht mehr austragen, die Gartenstraße war die Hölle, da musste er einen Ausweg finden. Post für die Gartenstraße – es waren ja nur ein paar Häuser – würde er ab sofort zurück behalten und wenn sein Kollege sich wieder zum Dienst meldete, ihm unterschieben. Als er mit dem Austragen der Briefe fertig war und ins Postamt zurückkehrte, wartete zusätzliche Arbeit auf ihn, denn es lag ein großer Stapel, so an die dreihundert DIN A4-Blätter mit dem Text, dass Herr Adolf Gunz als Täter nicht in Frage käme, auf dem Verteilertisch...

„Diese Wurfsendung müssen Sie, Herr Hämmerle, heute noch im Unteren Dorf an alle Haushalte verteilen, Befehl vom Rathaus!"

Was blieb ihm übrig, dies würde er heute erst bei Dunkelheit, wenn die meisten Dornbacher schliefen, erledigen und ab morgen die Post, die für die Gartenstraße bestimmt war, zurückhalten, bis sein Kollege dafür zuständig ist.

Heinz Walther schrieb an seinen Arbeitgeber in Deutschland, dass er glaube, es wäre an der Zeit, ihm einen anderen neuen Pkw zur Verfügung zu stellen, da er das Gefühl habe, dass sein Volkswagen nicht mehr die Firma, die er vertrete standesgemäß erscheinen lasse. Kurz darauf bekam er Antwort, und die Firmenleitung willigte in einen Pkw-Tausch ein. Das Schreiben beflügelte Heinz, sah er doch darin die Bestätigung, ein hervorragender Vertreter beim Verkauf der Textilfarben zu sein. Als er sich mit seiner Familie über das Angebot der Firma unterhielt, war man der einhelligen Meinung, der Opel Rekord wäre für seine Vertreterreisetätigkeit ein schönes bequemes Fahrzeug. Diesen Wunsch gab er weiter, und vier Wochen später konnte er das schöne komfortable, mit glänzenden Felgen ausgestattete Auto in Empfang nehmen. Der Chef der Vertragswerkstatt gratulierte Herrn Walther und machte ihn darauf aufmerksam, dass er die ersten zweitausend Kilometer nicht Vollgas fahren solle und danach ein Ölwechsel fällig werde.

Es war Sonntag, und Pfarrer Wieser saß auf einer Bank im schönen Garten des Altenheimes. Alte Bäume warfen große Schatten und machten den Aufenthalt erträglich an diesem heißen Sommertag. Bis vor kurzem hatte er noch ein Buch gelesen, doch die ihn überkommende Müdigkeit ergriff Besitz von ihm, und so legte er das aufgeschlagene Buch neben sich, um später weiter lesen zu können. Morpheus, der Gott der Träume, wollte ihm etwas Ruhe gönnen, als er Schritte hörte und aus seinem Halbschlaf aufwachte.

„Was für eine Überraschung!"

brachte er hervor, als er die beiden sah.

„Wir dachten, lieber Herr Wieser, dass sie vielleicht ein bisschen Zeit für uns haben, denn wir hätten einiges zu besprechen. Ihr Rat wäre uns sehr wichtig".

Der Priester lächelte:

„wenn ich helfen kann, dann tue ich das gerne, wo brennt es denn?"

Nun sprudelten die Worte aus Jakob heraus, denn das Vertrauen zu dem alten Herrn war groß, und er wusste, was immer er ihm erzählen würde, blieb bei ihm, wie das Beichtgeheimnis. Zuerst schilderte er Hochwürden, dass er den Kirchendienst aufgeben werde und vorhabe, seine Geliebte zu heiraten. Währenddessen schloss der alte Herr die Augen, nahm seine von der Beichtabnahme gewohnte Haltung ein und meinte nach längerem Schweigen:

„Wisst ihr, ich denke, es ist für euch und die katholische Kirche besser so. Ihr seid noch jung und habt den größten Teil eures Lebens noch vor euch. Gott will bestimmt, dass ihr glücklich seid. Gleichzeitig hört das Gerede in eurer Kirchengemeinde auf, und die Kirche bleibt vor Skandalen verschont".

Nun sah er Lisa an und fuhr fort:

„Jakob wird nicht der einzige Priester bleiben, welcher diesen Schritt wagt. Irgendwann wird die Zeit kommen, und die Kirche muss die Gesetze ändern. Dieses zölibatäre Leben hält nicht jeder junge Mensch durch. Auch ich hatte während meiner Amtszeit eine Haushälterin, mit der ich mich sehr gut verstand. Sie wohnte im Pfarrhaus und konnte nicht nur gut kochen. Leider ist Paula zu früh von uns gegangen".

Dabei wischte er sich eine Träne aus den Augen und machte einen sentimentalen Eindruck, der das Herz der beiden rührte.

„Ich weiß", fuhr er fort,

„wenn man dieses verantwortungsvolle Amt antritt, ist man voller Freude und denkt, dass man dies alles standhaft durchhalten wird, aber Luzifer lauert an allen Ecken. Selbst unser Urvater konnte der Eva nicht widerstehen, und so wurden sie aus dem

Paradies verjagt, wenn das heute auch keiner mehr glaubt, so zeigt es doch die Schwächen auf, die wir alle haben".

Bei diesen Worten kam ein Lächeln in sein Gesicht, das seine gütigen menschlichen Züge besonders hervorhob.

„Meinen Segen bekommt ihr bei eurem Vorhaben, und ich wäre sehr gerne euer Trauzeuge".

„Es wäre eine große Ehre",

erwiderte Jakob, und die noch nicht angetraute Geliebte fügte hinzu:

„Hochwürden, wir nehmen Sie beim Wort".

Nach einer Pause des Schweigens, stieß Lisa mit ihrer Hand nach Jakobs Schulter und machte ihn darauf aufmerksam, dass er noch einen Rat einholen wollte. Er begriff, und so erzählte er dem alten Herrn die Geschichte von dem Geld, das er in dem Anzugoberteil gefunden hatte, und er wisse nicht, wie es dahin gekommen sei. Es bereite ihm aber Sorgen. Sein Gegenüber war um eine Antwort nicht verlegen und gab zurück:

"Ja, ja, das liebe Geld. Es bereitet einem immer Sorgen, wenn man zuviel hat, wie ihr jetzt merkt, aber noch mehr, wenn man davon zu wenig hat. Lieber Jakob warte ab, wenn dein Gedächtnis zurückkehrt, wirst du sicher in Erfahrung bringen, wie die Scheine zu dir gekommen sind. Wenn sich dann immer noch niemand bei dir meldet, geht es auch niemandem ab, und bei eurer Existenzgründung könnte es von Nutzen sein. Halt dir immer vor Augen, es ist nur bedrucktes Papier".

Mehrere Tage waren vergangen als endlich das ersehnte Schreiben aus Innsbruck eintraf. Nervös öffnete Jakob das vor ihm liegende Kuvert und las die geschriebenen Worte. Daraus ging hervor, dass die Dispens abgesegnet sei und einem bürgerlichen Leben des Herrn Jakob Fitz nichts mehr im Wege stehe. Er dürfe zwar seelsorgerischer Tätigkeit nachgehen, habe aber nicht mehr die Befugnis, Sakramente zu spenden oder eine Messe zu lesen. Gleichzeitig erwähnte die Kommission, dass demnächst nach vorheriger Anmeldung sein Nachfolger in Dornbach eintreffen werde, und man bat Herrn Fitz, dem Priester bei der Einführung in sein Amt behilflich zu sein. Am Ende des Schreibens wurde um einen Anruf bei Bischof Körner gebeten. Diese freudige Nachricht beflügelte Jakob, und schon am nächsten Tag versuchte er seine Eminenz zu erreichen.

Nachdem er die im Schreiben angegebene Telefonnummer gewählt hatte, vernahm er eine markante Männerstimme, die sich mit „Körner" meldete. Es dauerte ein paar Sekunden bis der Pfeifton nicht mehr zu hören war und Jakob sich bei dem am anderen Ende der Leitung sprechenden Bischof melden konnte. Nachdem sie über das weitere Vorgehen gesprochen hatten, fragte Herr Körner:

„haben Sie denn überhaupt genügend Platzangebot in ihrem Pfarrhaus, denn der Neue bringt, wie mir bekannt ist, seine Haushälterin mit. Er will diese Dame, wie meist üblich, fest einquartieren".

Als Jakob dies hörte, musste er, ob er wollte oder nicht, lachen, und Körner hörte aus seinem Telefonhörer:

„dann wird es dem Neuen genau so ergehen, wie es mir ergangen ist, die Leute werden sich die Mäuler zerreißen".

Darauf bekam er die Antwort:

„Nein, nein, der macht es schlauer".

Nach einem kurzen Knacken und dem Pfeifton in der Leitung hörte er wieder die markante Stimme seines früheren Vorgesetzten, der ihn fragte ob er denn schon wisse, was er in Zukunft machen werde.

„Ich könnte mir vorstellen, dass ein Lehramt für Sie, Herr Fitz, das geeignetste wäre. Sollte dies der Fall sein, so könnte ich Ihnen Dank meiner Beziehungen vielleicht von Nutzen sein. Wir vom Klerus müssen doch zusammen halten".

Das hörte sein Gegenüber gerne und gab zu verstehen, er würde sich sehr glücklich schätzen, wenn ihm Herr Körner behilflich wäre, damit er baldmöglichst eine befriedigende Arbeit finde.

„Ich nehme an, dass Sie sich für eine Lehrertätigkeit gut eignen würden, da Sie ja, lieber Herr Fitz, die Lehre Jesu mit recht gutem Erfolg in Ihrer Stadt verkündet haben. Für einen handwerklichen Beruf eignen Sie sich sicher nicht, da Sie ja kein Zimmermann wie der heilige Josef geworden sind."

Er wäre auch kein Heiliger, gab Jakob süffisant zurück, ja eine Lehrertätigkeit würde ihm zusagen.

„Na, dann sehen Sie, ich schätze Sie doch richtig ein. Ein Freund aus Studienzeiten ist Rektor in der pastoralen Lehranstalt, einer Schule, in der junge Menschen auf seelsorgerische Berufe ausgebildet werden. Diese Schule befindet sich im 13. Wiener Bezirk. Hietzing ist ein Außenbezirk von Wien, sehr schön gelegen in der Nähe von Schönbrunn. Einen Umzug nach Wien müssten Sie allerdings wagen".

Da sie beide nicht in Dornbach bleiben wollten, käme ihm das gerade recht, erwiderte Jakob.

„Na, gut, dann schicken Sie doch eine Bewerbung an diese Schule, Sie können sich auf mich berufen, ich werde mich bei meinem Freund Posposil, so heißt der Rektor, für Sie einsetzen, lassen Sie mich bitte wissen, wie es Ihnen ergangen ist denn ich würde mich freuen von Ihnen zu hören".

Jakob bedankte sich für diese Hilfe und schrieb noch am selben Abend seine Bewerbung. Die Tage vergingen so langsam, er wartete mit Sehnsucht auf eine Antwort aus Wien. Endlich, nach vier Tagen hielt er ein Antwortschreiben in der Hand, in dem er aufgefordert wurde, sich beim Rektorat unter der angegebenen Telefonnummer zu melden. Daraufhin führte Jakob ein langes Telefongespräch mit Herrn Posposil, sie vereinbarten einen Vorstellungstermin, dem Jakob und Lisa entgegen fieberten. Was würde sie beide in Wien erwarten?

Jakob erschien als Patient wie vereinbart bei Prof. Dr. Heinzinger um in einer Gesprächstherapie die verloren gegangene Erinnerung wieder zu finden. Dabei machte er keine Fortschritte, und der Professor regte an, die moderne Medizin in Form von Röntgenstrahlen auszunützen und seinen Kopf noch mal zu durchleuchten. Das gefiel dem Patienten gar nicht.

„Ich habe das Gefühl, dass dabei ein größerer Schaden als Nutzen entsteht",

was Dr. Heinzinger verneinte. Er dachte dabei an die Auslastung des neu angeschafften Röntgenapparates.

„Irgendwie kriege ich Sie schon hin, wir machen das noch einmal",

waren seine Worte.

Der Unfall lag nun doch schon lange Zeit zurück. Trotzdem hatte sich keine Person, kein Verein und niemand seiner Kirchengemeinde gemeldet, um Anspruch auf das bei ihm befindliche Geld zu erheben. Trotz größter Bemühung wusste er nicht, wie er zu dem Geld gekommen war, und so festigte sich bei ihm der

Gedanke, es als sein eigenes zu betrachten, obwohl ihn dabei Gewissensbisse plagten.

Der Monat August neigte sich dem Ende zu, als der erwartete Wohn- und Priesterwechsel stattfand. Möbelstücke aus der Pfarrhauswohnung wurden verkauft und verschenkt, der komplette Haushalt aufgelöst, denn der Neue brachte seine Einrichtung samt junger Haushälterin mit, die beim Umzug fleißig mithalf. Dabei stellte Jakob fest, dass die zwei sich gut kannten und mochten.

Als der Neue in Sankt Martin seine erste Messe las, bat ihn Jakob, am Ende des Hochamtes ein paar Worte sprechen zu dürfen. Alle Kirchenbänke waren belegt, in den Gängen standen die Menschen dicht gedrängt, der Organist zeigte sein Können, und der Kirchenchor lobpreiste Gott.

Kaum war „gehet hin in Frieden" ausgesprochen, strömten die Kirchenbesucher wie flinke Ameisen dem Ausgang zu.

Die, welche es weniger eilig hatten, blieben in den Kirchenbänken sitzen und hörten sich die Worte an, die Jakob noch sprach. Zu guter Letzt bedankte er sich bei den Menschen, die auch in Zeiten zu ihm hielten, wo es ihm nicht so gut ging und Zweifel aufkamen, ob er richtig handle. Er bat darum, den jetzt für die Pfarrei zuständigen Nachfolger gut aufzunehmen…

Nach den letzt gesprochenen Worten nahm Jakob Lisa bei der Hand und, gemeinsam von Blicken verfolgt, liefen sie dem Ausgang zu. Der Organist hatte sich alles angehört und war Jakob wohlgesonnen. Als er in dem über dem Spieltisch angebrachten Spiegel sah, wie das junge Paar die Kirche verließ, drückte er in die Pedale und spielte das Kirchenlied: ‚So nimm denn meine Hände und führe mich'.

Bei der Hochzeit waren nur die engsten Verwandten und Freunde anwesend. Vor dem Rathaus, in dem das Standesamt untergebracht war, hatte das Brautpaar einen weißgedeckten Tisch aufstellen lassen. In eisgefüllten Sektkübeln standen Sektflaschen. Zum Trinken luden die dazu herumstehenden Gläser ein, und es wurde reichlich davon Gebrauch gemacht, als das angetraute Paar ins Freie schritt. Pfarrer Wieser und Tante Anna waren Trauzeugen bei der Zeremonie. Alle Anwesenden prosteten dem glücklichen Paar zu und schüttelten deren Hände. Glückwünsche wurden ausgesprochen, eine gute Zeit vorausgesagt. Mit so vielen Menschen hatten sie beide gar nicht gerechnet, viele davon kannten sie nur flüchtig.

Aus dieser Menschenmenge ragte einer heraus und war nicht zu übersehen, Jakob und Lisa erschraken als diese wuchtige Gestalt auf sie zuschritt, mit einem Blumenstrauß in der Hand. Jetzt war Vorsicht geboten, und Jakob flüsterte seiner Lisa ins Ohr:

„Was hat der denn vor?"

Zuerst ging Pröll auf Lisa zu, schaute sie mit stierem Blick an und meinte:

„eigentlich würde ich lieber an seiner Stelle bei dir stehen, aber trotzdem viel Glück, hoffentlich hat er dich verdient",

und überreichte ihr nach einem Händedruck den Blumenstrauß. Dann drehte er sich Jakob zu, schaute ihn mit seinem von Boxschlägen gezeichneten Gesicht an und sagte halblaut:

„Es war keine Absicht von mir, dieser Unfall in der Sakristei, vielleicht kannst du mir verzeihen, viel Glück".

Dann machte er kehrt und verschwand in der Menge, wie er gekommen war. Diese Worte waren für Jakob das schönste Geschenk. Wie durch ein Wunder lösten diese Worte seine Blockade, und seine Erinnerung kam zurück. Zuerst waren es einzelne Bildfragmente, die er versuchte fest zu halten. Dann gliederten sich einzelne Abläufe zu einem Ganzen zusammen, und wie ein Traumbild in Farbe wurde ihm klar, dass er Sieger über das Vergessen geworden war.

Seine frisch angetraute Frau bemerkte mit Besorgnis die Veränderung ihres Mannes und fragte ihn, ob er sich nicht wohl fühle. Er lachte und flüsterte ihr ins Ohr:

„Der Pröll hat mir unbewusst die Erinnerung zurückgegeben, er hat uns das schönste Hochzeitsgeschenk gemacht".

Sie schüttelte ungläubig den Kopf:

„ich versteh das nicht",

worauf er antwortete:

„Ich kann mich wieder an alles erinnern, was in den letzten Tagen passiert ist, ich brauche keinen Prof. Heinzinger mehr".

Arm in Arm gingen sie, nachdem sich die Bekannten und Freunde verabschiedet hatten, mit den engsten Verwandten in den ‚Hirschen', ein gutbürgerliches Lokal und aßen noch zu Mittag. Bei einem Glas Wein ließen sie die Feier langsam ausklingen und machten sich leichten Schrittes auf den Weg ins Untere Dorf zu Lisas Wohnung.

Als sie die Haustür aufsperren wollten, kamen die zwei alten Nachbarinnen mit einem kleinen Feldblumenstrauß auf sie zu und gratulierten zur Hochzeit. Lina und Klara hatten beim Dorfbrunnen, wo man sich mit anderen Leuten traf, von der Hochzeit erfahren. Die ganz frommen Dorfbewohner fanden, diese Hochzeit sei ein Frevel und Gotteslästerung und werde nicht ungestraft bleiben, diese zwei alten Damen waren aber anderer Meinung.

„Ihr habt das einzig richtige gemacht, herzlichen Glückwunsch, wir beten für Euch, dass ihr ein glückliches Paar bleibt",

waren die Abschiedsworte, bevor sie in ihr gegenüberliegendes von Weinreben umranktes Haus eilten.

Als sie aneinandergeschmiegt auf dem gemütlichen Sofa der Stube saßen, erzählte Jakob mit glühenden Worten all das, was er vergessen hatte. Er erzählte von dem Fund im Beichtstuhl und wie er die Tasche, da er nicht wusste, wem sie gehörte, ins Pfarrhaus mitgenommen hatte. Er habe diese aus Neugier geöffnet und das Geld innen liegen gesehen. Er habe nicht recht gewusst, wie er sich verhalten sollte, als das Klingeln des Telefons ihn aufschreckte.

„Ich hob ab, und eine mir völlig unbekannte Stimme machte mich aufmerksam, dass diese von mir gefundene Tasche im Beichtstuhl die seine wäre. Der Unbekannte schien in großer Not gehandelt zu haben, wie er mir versicherte".

Lisa hörte aufmerksam zu und bat ihn, weiter zu erzählen

„Dieser Unbekannte gab mir zu verstehen, dass er der Bankräuber sei, er bat mich inständigst, die Polizei nicht zu verständigen. Bei dieser Gelegenheit bot er mir an, die von der Bank ausgesetzte Prämie von dem Geld für mich zu behalten".

Diese Prämie, meinte nun Lisa, wäre doch nicht so hoch gewesen, wie das Geld, das er bei sich im Anzug vorfand.

„Weißt du, meine Liebe, von den Schweizer Franken war nie die Rede gewesen, und so habe ich die in meiner Gier auch behalten. Ich weiß, es war nicht richtig, und jetzt, wo ich es wieder weiß, bedrückt und beunruhigt mich mein falsches Handeln".

Seine Frau bemerkte seinen Kummer, beruhigte ihn und meinte, dass ja nur der Bank ein Schaden entstanden wäre und keiner einzelnen Person oder Familie,

„du kannst das alles sowieso nicht mehr rückgängig machen, denke, es ist nur bedrucktes Papier, wir können es gut für unseren Neuanfang brauchen".

Das musste er zugeben und konnte nichts Gegenteiliges erwidern.

In Dornbach fühlten sie sich nicht mehr wohl. Sie verließen selten die Wohnung, nur wenn es nötig war. Die in nächster Nachbarschaft wohnenden Leute waren zwar recht freundlich zu dem jungen Paar, trotzdem hatten sie das Gefühl, nach Möglichkeit geschnitten zu werden. So warteten sie ungeduldig auf ein Antwortschreiben aus Wien, und als Jakob das ersehnte Kuvert in Händen hielt und öffnete, las er die nett geschriebenen Zeilen.

Herr Posposil, Rektor der Schule für pastorale Berufe, schrieb, dass er das Bewerbungsschreiben mit Wohlwollen gelesen habe und ihn sein Freund Körner aus Innsbruck auch schon über Jakob unterrichtet hätte, er auf Grund der Beschreibung annehme, dass Herr Fitz für eine Lehrtätigkeit an seiner Schule in Frage kommen könnte. Er bat Jakob um einen baldmöglichsten Anruf unter der angegebenen Telefonnummer. Jakob beeilte sich und rief noch am selben Tag zurück. Nach einem langen Gespräch stand der Vorstellungstermin fest. Als Jakob den Hörer in die Gabel legte, kam Lisa ins Zimmer, und er verkündete ihr mit freudiger Stimme:

„In drei Tagen fahren wir nach Wien, ich werde erwartet. Das wird gleichzeitig unsere ‚Flitterwoche'".

Darauf fielen sie sich in die Arme.

Gerädert und müde stiegen sie aus und standen auf den überdachten Gleisanlagen des Wiener Westbahnhofes. Menschen hasteten an ihnen vorbei, der Bahnhofshalle zu... Ein Gepäckwagen, auf dem Koffer und Pakete hoch aufgestapelt lagen, hätte sie beinahe umgestoßen. Der Fahrer des Wagens schrie sie an, ob sie denn nicht aufpassen könnten. Ein paar Meter von ihnen entfernt umarmten sich Menschen, und man sah ihnen an, dass sie sich lange nicht gesehen hatten. Jakob stellte den Koffer ab, hielt Lisas Hände, drückte sie ganz fest und rief:

„Willkommen in Wien",

dann küsste er sie, die Blicke der Umherstehenden störten ihn nicht. Nach fünfzig Metern Fußmarsch erreichten sie die Bahnhofshalle und fuhren mit der Rolltreppe ins Untergeschoss. Dort angekommen traten sie ins Freie. Der Anblick auf den Gürtel und die Mariahilferstraße mit dem fließenden Verkehr war erschreckend, und so meinte Jakob, dass es wohl das Beste sei, ein Taxi zu nehmen, nach Hietzing zu fahren und sich dort einzuquartieren...

Da sie vor allem auch ihre ‚Flitterwoche' hier verbringen wollten, bezogen sie ein schönes Zimmer im Parkhotel Schönbrunn.

„Wenn wir uns frisch gemacht haben, erkunden wir Wien",

gab Lisa zu verstehen.

Die Fahrt mit der Straßenbahn dauerte ein halbe Stunde bis sie die Wiener Ringstraße erreicht hatten. Dort stiegen sie aus und erkundeten zu Fuß die nächstliegenden Sehenswürdigkeiten. Beeindruckend waren die historischen Gebäude, die Parkanlagen, der Heldenplatz, das Rathaus, die Burg und Staatsoper. Ganz zum Ende nahmen sie ein Taxi, fuhren die Kärntner Straße in Richtung Kai, besuchten den Stephansdom, liefen wieder in die entgegengesetzte Richtung und fanden sich in der Wiedner Hauptstraße wieder, vor einem alten Gasthaus, an dessen Mauer ein Schild angebracht war, auf dem zu lesen war, dass hier Franz Schubert, der Liederfürst verkehrt habe. Müde und erschlagen von den Eindrücken setzten sie sich in ein Taxi und ließen sich zurück ins Hotel fahren.

Pünktlich um 10 Uhr Vormittag stand er vor dem großen Schulgebäude am Wolfrathsplatz. Nervös und voller Spannung schritt er auf die große Eingangstür zu. Ein kleines Messingschild, auf dem eingraviert stand ‚Schule für pastorale Berufe' zeigte ihm mit Sicherheit an, dass er hier richtig war. Er drückte auf den unter dem Schild angebrachten Klingelknopf, und aus einem daneben angebrachten Lautsprecher war die Stimme eines Mannes zu hören:

"ja bitte",

worauf Jakob zur Antwort gab, dass er Herr Fitz sei und einen Vorstellungstermin bei Herrn Posposil habe.

„Dann kommen sie mal, ich mache Ihnen auf",

und ein Surren war zu hören. Die Tür ließ sich leicht öffnen und Jakob trat ein. Eine respekteinflößend große Halle mit einer breiten nach oben führenden Treppe beeindruckte ihn, als er schon eine Männerstimme hörte und einen älteren Herrn mit grauen Haaren ganz oben auf der letzten Stufe stehen sah.

„Na, dann kommen Sie bitte mal rauf, ich tue mich ein bisschen schwer beim Gehen, deshalb bleibe ich lieber hier heroben".

Als Jakob oben angekommen war und sich vorgestellt hatte, meinte der Rektor, er freue sich, ihn endlich kennen zu lernen, er sei von seinem Freund Herrn Körner über ihn, Herrn Fitz, bereits unterrichtet worden.

„Hoffentlich hat seine Eminenz nur Gutes über mich erzählt",

meinte Jakob lächelnd.

Herr Posposil sah in freundlich an und antwortete:

„Auf alle Fälle Menschliches".

Dann bat Herr Posposil Jakob, mit ihm in sein Büro zu kommen. Herr Posposil bat nun Jakob, Platz zu nehmen und kam gleich zum Wesentlichen zu sprechen:

„Sie wurden mir wärmsten empfohlen, und ich denke, dass Sie die nötigen Eigenschaften haben werden, um ein Lehramt an unserer Schule auszufüllen. Wir haben hier Lehrermangel. Viele neue Anmeldungen sind eingegangen, es zieht scheinbar wieder junge Männer in pastorale Berufe".

„Das ehrt mich, dass Sie sich für mich entscheiden konnten",

erwiderte Jakob.

„Latein und Kirchenlehre haben Sie ja sicher noch in guter Erin-nerung, als ehemaliger Priester",

gab Herr Posposil zurück.

„Außerdem gibt es ja einen Lehrstoff, den Sie sich zurechtlegen können, wenn's mal eng werden sollte",

gab Herr Posposil zu bedenken.

"Etwas müsste ich noch wissen, dürfen die Lehrerschaft und die Schüler wissen, dass Sie Priester waren?"

Daraufhin erklärte Jakob, dass er sogar darum bäte, seinen früheren Beruf nicht geheim zu halten, da er sonst mit der Angst leben müsste, doch irgendwann damit konfrontiert zu werden. So unterhielten sie sich noch eine weitere Stunde, und Herr Pos-posil versicherte ihm mit einem festen Händedruck, dass er die Stelle bekomme.

„Ich lasse ihnen den Vertrag wie besprochen nach Dornbach zu-kommen, sie werden sehen, hier in Wien lässt sich's gut leben".

Zu Mittag traf sich Jakob mit Lisa im Hotel. Seine junge angetraute Ehefrau hatte in dieser Zeit seiner Abwesenheit Hietzing erkundet Dabei stellte sie mit Freude fest, dass es eine sehr schöne von Bäumen und Parks umgebene Gegend war, in der man glücklich sein konnte. Es gab keine Häuserschluchten, Schönbrunn und der Tierpark waren ganz in der Nähe, und eine Straßenbahn fuhr bis ins Zentrum der Stadt.

Die Umarmung fiel besonders groß aus, nachdem Jakob erzählt hatte, dass er die Anstellung zugesichert bekommen habe. Sein ihm wohlgesonnener Bischof Körner freute sich über den Anruf, Jakob dankte ihm herzlich für sein Zutun, da er die Zusicherung der Anstellung von Herrn Posposil mündlich bekommen habe. Daraufhin gab seine Eminenz zu verstehen, dass er den Werdegang seines abtrünnigen Priesters gerne weiter verfolgen wolle.

„Ich würde mich freuen, mit Ihnen in losem Kontakt zu bleiben, denn eines muss ich Ihnen zugestehen, Sie haben viel Mut und Standfestigkeit bewiesen".

Noch am selben Abend saßen sie in einem uralten Hietzinger Lokal das ihnen beim Herumspazieren angenehm aufgefallen war. Mit viel Glück hatten die beiden einen Tisch vorgefunden, an dem noch drei Plätze frei waren. Weinselige Stimmung war an jedem Tisch bemerkbar, und der ‚Heurige' wurde fleißig ausgeschenkt und getrunken. Auf übervollen Tellern wurden Speisen aufgetragen. Sie machten davon reichlich Gebrauch.

Nach dem dritten Glas des süffigen Weines schmiegte sich Lisa ganz nahe an ihren Geliebten und flüsterte ihm ins Ohr:

„Jakob, ich bin so glücklich mit dir, wie wird das erst sein, wenn wir mal ein Kind haben!"

Worauf er seine Arme um ihre Schulter schlug und ihr angeheitert ins Ohr flüsterte:

„Das werden wir unter Zuhilfenahme des Heiligen Geistes bestimmt fertig bringen".

Auf diese Antwort hin musste Lisa so laut lachen, dass sich einige Tischnachbarn dem verliebten Paar zuwandten und mitlachten, obwohl sie nicht wussten, was der Grund dafür war. Als an diesem Tisch wieder fröhliche Normalität eingekehrt war, küsste Jakob seine große Liebe und flüsterte ihr ins Ohr:

„Hoffentlich wird es dann ein Mädchen, denn wenn's ein Bub sein würde und er eines Tages mit dem Wunsch an mich herantreten würde, Priester zu werden, ich wüsste nicht, was ich ihm antworten könnte".

Aus einem Hinterzimmer des gemütlichen Lokals klang Schrammelmusik und eine Männerstimme sang zur Zither: „I' hab die schönen Maderl'n net erfunden".

ENDE

Viel Dank schulde ich meinem Freund Kristian Metzner, der mir hilfreich zur Seite stand und verschlungene Sätze entknotete.

Zeitfracht Medien GmbH
Ferdinand-Jühlke-Straße 7
99095 Erfurt, Deutschland
produktsicherheit@kolibri360.de